有爱的青春陪伴者

偷藏你的可爱

夏光 著

四川文艺出版社

图书在版编目（CIP）数据

偷藏你的可爱 / 夏光著. -- 成都：四川文艺出版社，2022.7
ISBN 978-7-5411-6355-5

Ⅰ. ①偷… Ⅱ. ①夏… Ⅲ. ①长篇小说 - 中国 - 当代 Ⅳ. ① I247.5

中国版本图书馆 CIP 数据核字 (2022) 第 070630 号

TOUCANGNIDEKEAI

偷藏你的可爱

夏光 著

出品人　张庆宁
责任编辑　邓　敏
特约编辑　蒋彩霞
装帧设计　西　楼　孙欣瑞
责任校对　段　敏

出版发行　四川文艺出版社（成都市锦江区三色路 238 号）
网　　址　www.scwys.com
电　　话　0731-89743446（发行部）　028-86361781（编辑部）

排　　版　长沙大鱼文化传媒有限公司
印　　刷　长沙鸿安印刷有限公司
成品尺寸　145mm×210mm　　开　本　32 开
印　　张　8.5　　字　数　180 千字
版　　次　2022 年 7 月第一版　　印　次　2022 年 7 月第一次印刷
书　　号　ISBN 978-7-5411-6355-5
定　　价　39.80 元

目 录

Chapter 1

/ 刹那初见 /

大雨是天空的海洋，我是你跨越山海的唯一。
三千繁华，我只为你，盛装而来。

蓝天失恋了，最近沉迷于一款新上市的唯美古风游戏。

此游戏名曰《诡灵》，以阵营对战为主要玩法，人气异常火爆。玩家们聚集在一处，两大帮派兵刃相交时，有古战场的雄浑壮观。双方玩家挥舞刀剑，犹如身负国仇家恨的战士，整日风里雨里，血海等你。

蓝天她们宿舍的人也倾巢而出，注册账号贡献热度。这日，几个姑娘兴致勃勃地上线游戏，蓝天却不幸被野外“人头狗”逮着，按着杀了十几遍，脱不开身。游戏人物苗疆蛊女小小的身影倒在地面上，如一朵盛开的血玫瑰。

【算了，你们去玩吧，不要等我。】第十次起身后被击杀，蓝天放弃了。

【好嘞！过会儿来找我们。】舍友蒋南风爽快地发来条信息，操控人物一个大轻功消失在远处的山色空蒙中。

望着屏幕上的复活倒计时，蓝天有些焦头烂额。身旁一大堆人在血拼，操作行云流水，剑光四起，她看得有些羡慕。将游戏界面最小化后，她上论坛找攻略。有个帖子给出了最中肯的建议：【江湖出行，寻一良师携手，可事半功倍。】

怀着无限向往，她再次登录游戏，点进拜师页面。这里，师父们很热情，欢迎语也统一。

不帅不要钱：【来个徒弟，不傻不要，为师带上论剑2200。】

美少妇战士：【来个徒弟，不傻不要，为师带上论剑2200。】

……

看着刷屏的文字，蓝天也被这欢乐的气氛带动了。她脑子一抽，发了一句：【来个徒弟，不傻不要，带为师上论剑2200。】

“为师带上论剑2200”和“带为师上论剑2200”有天壤之别。有趣的灵魂不孤单，三秒后，她吸引到了一个人的注意。

“叮咚——”

【Sever 请求拜您为师。是/否】

蓝天笑眯眯地勾起嘴角，移动鼠标，点击“是”。

对方的主操人物是位白衣束发的少年剑客，仙气凌然，ID叫Sever。

无论是三次元还是二次元的雄性动物，只要是帅的，蓝天都毫无抵抗力。本来想找个师父，哪里料到随便一个玩笑居然捡了个徒弟。

【还没满级？】Sever 查看完蓝天的基本信息后，主动联系她。

蓝天隔着屏幕都能感到对方的鄙视，不自觉地咬了咬嘴唇：【要不怎么会喊你带我上论剑 2200？】

《诡灵》论剑场采用积分制，两两组队 PK，2200 分为最高积分。得到满分获得“武林至尊”称号的同时，还可以换取顶级装备，无数玩家充钱撒泼求大腿只为登顶高峰，一览众山小。蓝天仔细瞧了瞧 Sever 东拼西凑的装备，和自己半斤八两，也是刚注册的小号。真不知 Sever 哪里来的勇气，胆敢瞧不起她。

【来论剑场，你排队。】Sever 忽然说道。

【啊！来真的？】

【你不是说“带为师上论剑 2200”吗？我带你呀。】

【……】

将页面内所有选项排查了遍，蓝天极生疏地找到“论剑”二字：【一会儿你挂了，我一定不笑。】

对方以沉默回应。

冰冷的长剑出鞘声后，画面变幻成一方白玉高台，其上巨柱通天，顶部缥缈无垠，冥冥似有天音。

《诡灵》的游戏世界设定极其宏大，分为人间、天极和鬼地。此处乃天极，昆仑之巅，神之禁地。

对于蓝天这种小白风景党而言，此时心中只有一句“哇”可言说。

对面两个 ID 是红色的人物，一位是挥舞长枪的女侠，另一位和 Sever 师出同宗，也是仗剑天涯的白衣剑客。

游戏中的“敌人”是红的，对面两人 ID 也是红的。蓝天猜想只要杀死他们就能取得胜利，于是抓紧鼠标暗暗蓄力，准备发招。

【这把赢定了！】长枪女查看完他们的装备信息后，在屏幕上毫无顾忌地打字。装备意味着战力，蓝天和 Sever 装备的分值在平均线以下。

看来他们不仅要在野外送人头，连上论剑场也成了其他玩家“毫无感情的刷分器”。

对面的白衣剑客发了个大大的笑脸，退到论剑台角落里，玩家本人已离开电脑，接水喝去了。

蓝天窘了：大家连杀我的斗志都没了吗？

【手放下，不要打，躺平。】Sever 在公屏上道。

不打怎么赢？干脆放弃抵抗，送人头？

蓝天的游戏形象是位苗疆蛊女，碧玉搔头，云鬓浸墨，主用毒，武器是长针。她当初选这个人物就图好看，还未学会如何操作。犹疑片刻，她点了人物表情动作，直挺挺地躺平：【徒弟弟，今日一别，别忘了来日给为师烧点纸钱。】

Sever：【……】

蓝天又转向长枪女：【希望各位杀神们能给我颁个最佳躺尸奖。】

《诡灵》这款游戏属当季爆款，服务器拥堵，能开的房间数有限，论剑场台下聚集了大量围观人群。屏幕上飘过围观群众打出的一串串省略号。

长枪女“槽技”暴涨：【这是我见过的最虔诚的甘拜下风。】

言罢，一把战戟突然刺来，流光溢彩。蓝天一呆，还未反应过来，Sever 就从身后猛冲至前。银剑化形，一变千，千变万，万剑归宗。

长枪女惊呆了，她被封住了内功，所有按键失灵，等反应过来，血槽已空。

刚回到电脑旁的白衣剑客目瞪口呆，私聊长枪女：“你自杀了？”

若不是自断经脉，又怎会输？

未等长枪女说明情况，Sever 再度跃起，朝角落处的白衣剑客冲去。相同职业 PK 最能体现技术，几招后高下立判。白衣剑客发动的招式被 Sever 以奇巧的身法一一化解，剑光寒芒打在虚空之中，没泛出一丝水花。

白衣剑客无语凝噎：大家玩的不是一款游戏吧？！分明装备分比 Sever 高出一大截，怎么就输了？

长枪女和白衣剑客躺在地上，Sever 一脸傲然地站在两具尸体旁，长剑染血，甚是凄美。

蓝天愣住了：方才发生了什么？我根本没看清。

接下来几场论剑比赛，对面选手千篇一律的震惊溢于言表，崇拜深入骨髓：【天啊，大神？！】

蓝天杵在原地，心情复杂——自己不经意的一个举动，竟然捡了个大神徒弟？游戏生涯被彻底改变了。

知了蛰伏在绿油油的树叶上，在热得像蒸笼似的悠长午后吟着歌。

AD 战队集训地的走廊里空荡荡的，房间内的空调开到极低温度，凉风习习。密密麻麻的电脑桌前，男生们戴着耳机，盯着屏幕，眼神专注，偶有或懊恼或兴奋的叫喊声。

周遭充斥着敲击鼠标与键盘的声音，气氛灼热而紧张。

所有队员在为即将到来的“LPL 全国电竞邀请赛”做准备。

“Sever，你真要接《诡灵》的邀请赛吗？”旁边桌的队友在休息的间隙伸了个懒腰，转动椅子，无意间瞅到 Sever 的电脑屏幕。

苍天大地诸神邪魔，他究竟看见了什么？电竞大神 Sever 竟然在带女号上分？对方不仅操作漏洞百出，还一不做二不休地在论剑场上躺尸？

“鬼畜”腹诽：Sever 什么时候这么有爱心了？

内心地动山摇的队友表情异常丰富，不由自主地站起身，一只脚绊倒转椅，发出巨大声响。

其他队员被吸引，纷纷围观。

“女朋友？”队里最没心眼的桃子不假思索地问道。

其他队员翻了个大大的白眼：“可能吗？”

Sever，电竞界大神，禁欲系代表，三天前刚刚拒绝了宅男女神呦呦的合作邀请，整得小姑娘梨花带雨，在训练基地旁的咖啡厅哭了好半天。人见犹怜。

Sever 给出的理由是女电竞选手呦呦太弱了，不配当队友。这种人全队一致投票，不配拥有女朋友。如今，他不仅组队，还带了只蠢萌小白上分？！

桃子：“……”

“职业不平衡，不适合电竞比赛。”Sever 对四周的议论充耳未闻，一句话给《诡灵》判了死刑。

场景剧情人物别致精美，作为网游是绝对爆款，但想入电竞圈着实困难，存在着碾压性职业的游戏在专业性极强的职业赛上十分不利，专业选手间的胜负往往只在微毫之间。

进入游戏后，Sever 选了最具碾压性的门派，之后战场帮战异常轻松。为了测试剑客究竟有多强势，他随手捡了个小白站位，开始了一挑二的战斗。

几场下来，把把都赢。

当然，蓝天和 Sever 能碾压对方，一是《诡灵》职业设置确实有问题，二是 Sever 本人太强。

队友们围观完比赛全程，十分赞同 Sever 的判断，顺便玩笑道：“越发残暴了，告辞！”

“所以你要推掉这次和《诡灵》的合作喽？”旁边桌的队友挑眉，一副看热闹的神情。

电竞选手想要获取知名度，首先是要在大型赛事上获奖，其次便是参加各种当季爆款游戏的邀请赛，如今年关注度极高的《诡灵》。

旁边桌的队友曾撞见《诡灵》新赛季的负责人方回在饭局上和Sever碰面。方回是个三十出头的精干小伙，Sever拿着红酒杯态度冷淡矜持，而方回却极热情，攀关系套近乎，甚至大方邀请AD战队全体成员去地中海小岛的欧式别墅五日游，享受阳光沙滩美女。

Sever敷衍地说会考虑，将邀请函丢在摆满各种电竞书籍的桌面上。今日，他不知哪根筋搭错了，打扫完卫生后，竟然下载了这款游戏。

“当然要推掉！这就是个烂摊子！”桃子又在旁边插嘴道，扶了扶酒瓶底厚的黑框眼镜。

参加专业性不强的比赛对职业生涯并无助力。曾有很多职业选手就这么脏了羽翼，最后坏了名声。

Sever输出了套行云流水的连招后，忽然勾起嘴角道：“不，我接。”

日落月升，霓虹如星辰飘落在城市的街道之上，灿烂星海泛着昏黄。

十几场论剑排位打下来，胜率百分之百。Sever凭着和蓝天相差无几的垃圾装备，操作犀利，大神本神无疑了！有好几次蓝天还未站定，Sever便以迅雷不及掩耳之势击杀对手，空余一串惊叹。

蓝天纠结，若她的名分是徒弟，还好意思赖在别人身旁，可她竟然是师父，太名不副实！

史上第一废材师父诞生了！

这师徒情缘，终究是错付了。好在《诡灵》这款游戏相当人性化，若 24 小时之后二人情不投意不合，话不投机半句多，仇人见面分外眼红，即可解除师徒关系。

白嫖一晚上的积分，蓝天已相当知足。她有个胞兄名叫白云，小时候爱打游戏，上大学后进入职业电竞队，收的徒弟对他左一个“师父父”、右一个“大神”，小嘴甜得像抹了蜜。徒弟们被揍了找师父父，没钱了找师父父，撒娇更是找师父父。哪里像她，怎么看都死皮赖脸的。

蓝天干笑：【大神就是别具一格，技术型精准扶贫搞得好。】

【过奖。】

蓝天深吸一口气，准备给对方一个台阶下：【我知道你是一时冲动，我配不上你。】

【我从不冲动。】

【你究竟图我什么啊？】蓝天情不自禁发出灵魂一问。拜师图钱图色图抱大腿图照顾都能理解。

【图你笨吧。】

蓝天：【……】

Sever 甩来一个 QQ 号：【没上线时用这个联系。拜师条件很简单，随叫在线，组队打论剑。】

蓝天热泪盈眶，也学着白云的徒弟语调道：【徒弟弟，真另类。】

蓝天迅速加了好友，兴奋地查看 Sever 的空间，然而里面空荡荡的，只有几条简单的游戏资讯。

相册被锁，只能看见封面。黑白光影里的埃菲尔铁塔刺破天空，塔底有一个细长模糊的人影，挺拔如竹。

看不清五官，蓝天浮想联翩。打游戏这么厉害的男孩子，会长什么样子？眼镜帅哥，斯文败类？放肆少年，鲜衣怒马？真神秘！

之后数日，蓝天在家优哉游哉地吹着空调，吃着零食，论剑场段位噌噌上涨。《诡灵》之中杀神很多，手残党更多。

世界频道每天一堆玩家鬼哭狼嚎：【我相信我的师父终有一天会踏着五彩祥云带我上段位！师父再不来，我要卸了这游戏了！】

每次看见这种言论，蓝天浑身上下几万个毛孔无一不舒爽！

当大学舍友们整日在野外混积分，奋发图强只求给自己攒一套满级入门装时，蓝天已经在觊觎论剑商城内最贵最华丽最酷炫的银针超武了。

“蓝天，你最近怎么不和我们玩了？”虽然舍友们对蓝天不在战场拖后腿这一行为极为感动，但还是很客套地慰问一下。

蓝天默念三遍低调：“我最近收了个徒弟，在论剑场自立自强。”

蒋南风发了个大拇指表情，夸赞道：“身残志坚！”

蓝天：“……”

这日排位时好巧不巧，连续三次遇见同样的对手：萌萝莉琴师

和糙大汉和尚。二人释放技能时会在公屏上刷一段撒狗粮的爱情宣言：【你是风儿我是沙，你是皮鞋我是刷，你不理我，我自杀。】

连续输了三次后，萌萝莉琴师发飙了，对 Sever 打字：【嗨！帅哥，缘分啊！网恋吗？】

【嘤……你居然当我面劈腿。】和尚一脸受伤。

【大神带小白，真是玩得好不如嫁得好！】萌萝莉琴师暗讽蓝天。

蓝天喷饭：【徒弟弟你真受欢迎。】

萌萝莉琴师恨不得把柠檬酸的表情打满整个公屏，对 Sever 发了个勾引的表情：【大神，只要你肯带我，我愿意当你徒弟！】

Sever 对二人斗嘴充耳不闻，脚踏虚空，碎裂星河，一招万剑穿心，天罡降世。

萌萝莉琴师应声倒地：【无情……】

奶妈扑街，战士掉血掉得厉害。糙大汉和尚眼见躲不过，掐了个大招硬上，红色招式释放的同时，又刷出那段爱情宣言：【你是风儿我是沙，你是皮鞋我是刷，你不理我，我自杀，不是自杀就他杀。】

现在网友也太恶搞了吧。蓝天自从当上师父，一直很正经，从未思考过二人关系的另一种可能性。萌萝莉琴师随口一句玩笑让二人之间的气氛转瞬暧昧起来。蓝天掩饰道："徒弟弟，你害羞了哟！"

网游不比电竞，很多人爱欣赏音乐与游戏意境，一般不开麦。

Sever 此刻却有些厌烦打字，直接语音回复她：“见多了。”

见多了……一禁欲系帅哥被百般调戏的形象呼之欲出。

蓝天讪笑。

但 Sever 也有碰钉子的时候，比如这日，他们遇见了一对奇葩组合：两个奶妈。二人同属拥有双功法的门派，门派内功一套输出，一套加血，但二人全部选择了加血。青衣飞扬，仙气飘飘，她们如九天仙女，在 Sever 身侧旋转翻飞。见 Sever 追砍其中一人，另一人便飞身上前，丢出一堆控制与补血技能。Sever 犹如一只贪玩扑蝶的猫咪，追在对手后面却怎么都打不着。蓝天站在角落处，忐忑万分。

终于，Sever 将一个奶妈按倒在地，却因装备太次，伤害量太低，无法在有敌方队友持续加血的情况下置对方于死地。

蓝天以前上线《诡灵》这款游戏时，就怕被其他玩家击杀。而现在，她感觉到了前所未有的安全感，召唤出武器银针，加入猎杀奶妈的队伍。

Sever 劈了几剑，终于退了下来，对蓝天道：“你别帮倒忙。”

如果论剑场上十分钟内未见胜负，则计算治愈量与输出值。对方互相加血，显然为了钻规则的空子。他们累加的伤害越大，最后统计数据时，就会输得越惨。

蓝天噘嘴，翻了个大白眼，跑到客厅拿了袋薯片，“哗啦”撕开。她瞥了眼屏幕，论剑台背景变换，此刻他们站在广阔无垠的荒漠上。

黄沙漫漫，烈阳炎炎，巨大沙丘拔地而起，遮挡了视线，只能从地图上看见代表敌人的两个红色小点龟缩一隅。

局面僵持，安静中潜藏危险。

蓝天操纵的苗疆蛊女站在斜坡上，Sever 的剑客盘腿打坐，周身紫气萦绕。

两个奶妈警惕地旋转双剑，既怕突袭，又怕僵持下去胜负难分。

时间一分一秒流逝。

【小哥哥，还玩不玩，莫不是怕了？】敌对玩家发声挑衅。

未等蓝天还嘴，Sever 竟然脱下了所有衣服装备！

蓝天从论坛了解到，《诡灵》玩家可通过论剑场积分换取高品质装备，获取强大力量。网游中装备战力很影响 PK 结果，玩家们为寻求公平，都爱脱衣上阵，因为没了装备碾压，才能检验谁的技术更好。此举获得绝大多数人的热烈支持，野外树林活跃着一堆堆赤膊上阵的侠客们，个个激情四射。

但在论剑场和全副武装的对手“赤诚相待”，相当于束手就擒。Sever 这一举动果然让敌方嗤之以鼻：【这是要自杀？】

Sever 裸奔上阵，趁对方不备劈了一剑。

一奶妈如暗夜中受惊的萤火虫，倏然掠起，歪斜落地，头顶缓缓升起一个数字。

-1？

蓝天窘了：专程恶心人的吧?

【你这是干什么？】对面玩家心有余悸。

Sever 回道：【你切 DPS，我裸打。】

敌对玩家：【……】

裸打？蓝天只听过裸聊啊！DPS是什么意思？她埋头查手机。

DPS 是 damage per second 的缩写，指高爆发性高伤害输出英雄。

对方不为所动，疑心有诈，只得小心翼翼地绕着 Sever 走。

【我女朋友给你杀。】Sever 继续打字。

蓝天的脸噌地红了，我没听错吧？居然说我是他女朋友？！

【你不怕跪搓衣板？】眼看时间快耗尽，对方似乎也急了。

其中一个奶妈骤然暴出，切换了功法，收起手中代表治愈的翠绿枝条，召唤出两柄修长暗紫流光双剑，动作大开大合，步步生莲，杀气蓬勃。

Sever 挡格闪避，走位精准，利用沙丘的起伏，完美避开攻击，如暴雨中矫健如飞的海燕，让对方几次扑空。

见队友吃力，另一人也切换了功法，二人联合绞杀 Sever。蓝天情不自禁地张大嘴，紧张到呼吸停滞。

可 Sever 忽然不再逃跑，转身朝奶妈放了一个大招——他手中银光一闪，剑意劈山填海声势浩大。

对方生生被劈得只剩一点残血。这显然不是脱掉所有装备后能造成的伤害量，他是什么时候又把装备穿回去的？

蓝天惊呆了，裤子上衣鞋子一样样放上去少说也要十几秒吧，手速可怕。

敌方二人被突如其来的变故惊住，还未来得及组织有效反击，血槽已空。

绝地逢生！蓝天发出激动的欢呼声：“太精彩了！”

“胜利”的字样出现在屏幕中央时，蓝天嘶嘴：“徒弟弟，我是工具人吗？说是女朋友就是女朋友？”

Sever 难得有兴致，随手拿起手边的矿泉水喝了口，逗了逗蓝天：“你想当？”

蓝天想说也不是不可以，但打出的字却是：【讨厌！不要。】

Sever 手抖了抖，打了个“呵”字。

半个月后，蓝天糊里糊涂地进了《诡灵》赛季百强，官网的大红喜报上赫然印着 Sever 和她的名字。想想《诡灵》十几个服务器一共十几万玩家，自己居然能跻身前一百？！蓝天脚底一阵虚浮。

目光在获奖页面上移动，蓝天欣喜奖品中竟然还有人物周边！苗疆蛊女手办身姿婀娜，旁边批着一行字——闲静时如姣花照水，行动时如菱叶萦波。

这摆在书桌前，一定极好看！蓝天心底痒痒的，打字道：【徒弟弟什么时候见一面吧！】

Sever 问：【周末有时间吗？顺便把奖品带给你。】

进入赛季百强前，二人闲聊，发现彼此都在 X 市，且相距不远，于是 Sever 在官网填收货地址时只写了一个。

【好啊！】

【那地点约在 X 大旁的水墨咖啡厅，到时我会穿一件白衣服。】

【那我也一样。】蓝天露出花痴的笑容。

“你要和谁见面？”白云端着水杯从蓝天身后走过，瞥了眼电脑屏幕，马上警觉起来。

蓝天和白云是一对孪生兄妹，同在 X 市出生，又上同一所大学。正值暑假，白云发现蓝天很不正常，经常对着电脑一脸傻笑。这花痴的情状只有一种可能：自家妹妹又深陷该死的爱情。

蓝天的前段感情处得莫名其妙，现在又在网络上看上了一个未曾谋面的男人。作为蓝天的孪生哥哥，白云简直心力交瘁。妹妹天真无邪，花痴好骗，从小到大，他不知为她打了多少次架，收拾了多少渣男，整日被兄弟们叫作妹控，很没面子。

在蓝天背后晃悠了好几天，终于让他逮着了。白云指着电脑屏幕，质问道：“这是谁？你和他有什么好见面的？”

“与你无关。”蓝天噘嘴。

“大小姐，游戏里的人和现实中的完全是两码事。”白云轻蔑道，“你看到的帅哥，可能现实中就是个猥琐大叔！”

作为一个混电竞圈的，白云最先接触的并不是自带高光的职业选手，而是寄情于虚拟游戏的人生 Loser（失败者）。而网游中，这种 Loser 还蛮多，个个在游戏中风流倜傥，人模狗样，但在现实生活中从不正经上班学习，没担当没责任心，就爱在网吧通宵开黑，吃着泡面顶着黑眼圈，一嘴脏话，满脑子撩妹套路。想想蓝天平日的吸渣体质，八成又撞进了某个渣男的魔爪。

蓝天绘声绘色地将这些天的遭遇讲了一遍，满怀憧憬：“他和你说的那些人不一样。”

“拜你为师？带你拿积分？还不是代练？骗子吧！”白云凑过去看了看 ID，鄙夷之气越发磅礴，“Sever？叫 Sever 的都不是好人！”

“为什么？”蓝天很疑惑。

“不为什么。”白云哼了声，“别玩游戏了，你居然连 Sever 是谁都不知道。”

Sever，电竞圈有名的大神级高级玩家，外号狼王，有着明星般完美的外表和超高的电竞技术，无人不知无人不晓。每次比赛都有一堆粉丝拿着“Sever 必胜”的灯牌激动地尖叫，而对手的应援横幅寥寥无几，场面极尴尬。昨天电竞权威周刊还刊登了某知名大学的学生集体制作视频向 Sever 表白的新闻。

“他是谁啊？”蓝天追问。

“算了，毕竟你连你哥哥我的大名也不知道。”白云扶额。

蓝天抱住白云的手臂摇了摇，噘嘴道：“哥，求你了，我去见网友的事情一定不能和爸妈讲。”

“不行！”

“求你了！”

白云最经不住蓝天撒娇：“好，但你要答应带我去。”

蓝天愣住，思索半晌后点头。小时候，蓝天经常被坏孩子纠缠，白云就爱当她保镖。

“你去了就说和他玩游戏的人是我。”白云又加了句。

蓝天：“……”

窗外的香樟树摇曳出一地碎光，咖啡厅格调文艺，香味弥漫，过道上风铃叮当作响，玻璃架上趴着只懒洋洋的黑猫，阳光温柔地照在它灿如宝石的蓝眼睛上。

蓝天这一个星期十分忐忑不安，临到约会时刻，心情更是犹如上坟。一想到与Sever见面的她竟然变成了白云那威武壮硕的男人，便羞愧得恨不得逃之夭夭。

就算与Sever未曾谋面，但这样恶搞也太过分了！萌妹变壮汉！难以想象对方会是什么表情！

她推开咖啡厅的玻璃大门，生无可恋地四下张望，身后跟着仿佛打了鸡血似的白云。她里里外外寻了一大圈，也没找到约定的白外套男生。

蓝天心下疑惑，低头给对方发了条短信。得到对方就在咖啡厅内的肯定答复后，蓝天鬼使神差地朝窗边望了眼，对上一双灵动漆黑的眼睛。

她看着他。

他也看着她！

地动山摇！

靠窗的位置上坐着一个男孩子，穿着白色外套，两只脚在空中乱晃，面庞精致犹如瓷娃娃，侧颜小巧，回眸望她。

一切负面情绪在见到Sever本人的那个瞬间全部消散，取而代之的是更大的负面情绪！因为目测他只有十岁左右！

白云皱眉看着蓝天，仿佛瞬间就明白了什么。他站在一旁，肩膀不停抽搐，险些忍不住狂笑。

男孩从位置上蹦下来，友好地朝蓝天伸出手：“莫小野，Sever。”

“嗨！小朋友，我就是和你玩了一个月的萌妹子啊！”白云不嫌事大，抢在蓝天前面开口，吊着嗓子说话犹如动画里的科学家怪叔叔。

孩子睁着一双漆黑的琉璃眼，微微张大了嘴巴，瞪住白云。

蓝天一脸抗拒，确认再三后才不得不沮丧地承认和她玩了一个多月，有些暧昧的Sever竟然真是个小学生！

嘤，网上太凶险了！神兽遍地走。她面部表情管理完全失控，三观碎裂，拿起菜单，对孩子说道：“你点单吧，看看想吃什么？”

孩子戒备地扫视他们一眼，要了一份儿童套餐。

谁料白云又将菜单推回去：“当了一个月代练，就吃这点哪儿够，少说也该再加份至尊比萨！”

男孩又指了指菜单上最贵的一款布朗尼蛋糕。

白云看了看价格：“要不让旁边这位请吧。”

“为什么我请？”蓝天依旧沉浸在震惊之中。

“难道不该你请？”白云微表情异常丰富。

之前以为就一个下午茶钱，蓝天满口答应。可谁料这小鬼头这么能点啊！被坑惨了！生活费都要缩水了！

蓝天心如刀割：“这……吃不完的，孩子。”

“我叫莫小野！”孩子不满地嘀咕。

“好说好说。”蓝天假笑。

半个小时后，巨大的三层旋转托盘上摆满了各类甜品饮料。乳酪冰激凌甜而不腻，提拉米苏冰爽丝滑，柠檬红茶余味悠长，但这些美食激不起蓝天丝毫食欲。

午后的光线斜斜照进室内，窗外的香樟树投下巨大的暗影。蓝天坐在桌子边的阴影处，阳光则在莫小野周身闪得耀眼，一明一暗。

白云吃饱喝足，瘫在沙发上，没话找话：“小野，游戏玩得挺溜啊！是不是作业太少了？要不哥哥一会儿给你买套练习题？”

莫小野怒目而视。

白云得意，眼角余光不经意看向水晶玻璃的正门处，脸上表情变幻莫测起来。

一位身材颀长、俊朗脱俗的男人出现在咖啡厅内。蓝天下意识地顺着白云的目光看去，掩不住满眼惊艳。

如今电竞圈有三大巅峰战队：Wings 独领风骚，AD 战队和 Grace 战队平分秋色。

白云除了是蓝天的哥哥，在这颗蓝色星球上还有另一个身份——Grace 战队的主力队员 Luck。由于游戏操作技术精湛，他在网络上赢得了大批粉丝，他的对家就是 AD 战队的 Sever。他们同属光芒万丈的电竞界美男子，两家粉丝掐架互嘲激烈异常。

前几日，AD战队在LPL电竞邀请赛中不敌Grace，屈居第二。网络盛传是Grace战队窃取了AD战队的英雄出场阵容，才赢得胜利。

而更致命的是这种说法：Sever因故缺席，才让Grace战队钻了空子，有机可乘，Grace的第一是白捡来的。

多数网友认为一旦碰上Sever，Grace战队的主力队员Luck就中看不中用了。在Sever粉丝的嘴里，他Luck就是个废材，凡与Sever狭路相逢，必败无疑。

由于Luck本人对Sever的强烈敌意，除了公开竞技，二人私下并无交集，不承想竟然还能在大街上偶遇对方！

先前只顾着逗莫小野，居然忘记问苗疆蛊女的手办在哪里！白云再度将目光集中在Sever身上，他左手提着的正是那个手办。

苗疆蛊女！

难不成……白云倒吸一口凉气，一个可怕的猜测在脑海成型。

Sever迈进旋转大门，扫了莫小野一眼，忽然皱起眉头，似乎在思索什么。他与白云不熟，甚至连其真名叫什么都记不清，但他十分确定，此刻坐在表弟莫小野对面的高大男子正是Grace战队的Luck。

健康的小麦色皮肤，凤眸狭长，五官精致，美是美，但配上Luck时常不高兴的神色，无端透着股刻薄。此人每次输给Sever，都微眯双眼，一脸抗拒与愤然。此刻，白云露出了相似的表情。

Sever 眼底的诧异稍纵即逝，保持微笑，穿过走道，走到三人桌前，目光灼灼地看向白云：“真巧。”

“不巧。”白云如临大敌。

“这话怎么说？难不成专门为了等我？”Sever 玩笑，忽然弯腰抹掉莫小野嘴角的巧克力，俨然一副亲切大哥哥的样子。

“那可不，大神 Sever 架子自然是大。”白云指了指莫小野，“这是你弟弟？”

一个小学三年级的熊孩子见网友，家长自然不同意。按常理推断，Sever 应该是莫小野表哥之类的亲戚。

Sever 果然点头。

莫小野有 Sever 助阵，胆子瞬间变肥，嚼着布丁对白云抱怨道：“你这个抠脚大叔真恶心，在网上装女孩子就不说了！还没良心，带你玩游戏，你居然要给我布置作业！”

窘！这是什么奇怪的剧情走向？纵然心理素质极好，Sever 还是被这反转震慑！在论剑场上躺尸一个月的蠢萌妹子，竟然是电竞界响当当的大神 Luck？

当初带蓝天游戏是举手之劳，Sever 看出女生对他颇有好感，甚至有来场轰轰烈烈的网恋之势。Sever 无意恋爱，为躲这桃花债，他邀请还在读小学的表弟“友情出演”，对方一看是个熊孩子，想必心思也淡了，到时一笑而过，风过无痕。

不理人给一百，乱点菜给三百，当众撒泼给五百。莫小野这熊孩子精打细算，为了零花钱异常积极。此刻他心领神会，说道："哥，又惹桃花债了吧？"

"不算。"Sever根本没打算出现，只想进了餐厅，将手办放至前台，然后点一杯咖啡装作路人。如今出现的竟然是Luck，让他燃起了好奇心，况且Luck身旁的女孩子总给他一种莫名的熟悉感，似乎在哪里见过，便不自觉地走上前来。

"你在网上装萌妹子？"Sever满脸写着"这是什么变态嗜好"，故意试探道，"小野不停和我说，姐姐很可爱，一定要来看看呢。"

姐姐？白云嘴角抽搐。蓝天没忍住，差点把舀蛋糕的勺子戳进鼻孔。她憋笑憋得辛苦，被迫将头朝一旁撇去。

"这位是……"Sever注意到蓝天。

蓝天抬手去抽桌上的餐巾纸，恰巧捕捉到Sever的灿烂笑容。

什么是一见钟情？仿佛站在苍茫夜色中，偶遇白昼之光；仿佛冬日里乍泄了春光，暖暖流淌进心底。蓝天被击中了！从未见过有谁笑得比对面男生更好看，简直看一眼心情就会变好！

啊！对面的小哥哥太帅了，想追！

蓝天两眼放光："我是他妹……"

"和你没关系吧？"白云朝Sever大吼一声。

"这是怎么了？"Sever笑了，"你干吗这么紧张？"

"手办快给我，磨磨叽叽的！"白云平日参加比赛打游戏就极其暴躁，内心犹如住着只狂暴棕熊，和他共事过的人都知晓。

蓝天使劲地拉了拉白云的衣袖。高中时白云就爱掀桌打架，这么些年了，似乎一点都没变。

“那容我问一句，你装成女孩子和我弟弟打游戏图什么啊？”Sever问道。这句话直指问题本质，蓝天生生为白云捏了把汗。

咖啡厅中央的舞台上，一位身着黑色露背旗袍的优雅女生缓步走到钢琴旁。舒缓高雅的音乐从指尖流淌出来，但在触碰到这边紧张而灼热的气氛后，似被灼伤，迅速退去。

午后太阳照得地面发白发亮。

“图他笨呗。”白云说道。

蓝天险些喷饭。

“呵。”Sever抿了下嘴，嘴角的笑意越发深了。他低头摆弄手机，似乎在给谁发短信。

蓝天在桌子下面狠狠揪了白云一把。白云比较理智，他严重怀疑带蓝天玩游戏的人并非莫小野。毕竟，带着躺尸小白进《诡灵》赛季百强这种事，也只有Sever本人才符合这种传说。

上次窃取AD战队英雄情报事件出自队长51的手笔，Grace战队确实胜之不武。Sever作为AD战队队长，于情于理都不应毫无行动。Luck是Grace的主力队员，难免Sever不会把烂账算他头上。白云坐立不安：难道这是个惊天大局，看似巧合，实则暗藏玄机？

Sever心中也是疑窦丛生。从进门起，Luck就在和身旁的女孩暗递眼神，似乎背地里在搞什么鬼。他向来机敏，自然不会错过这些细节，只是反复试探都毫无结果，内心不由烦躁。他盯住

Luck 和蓝天相握的手，思绪飘远，一个近乎荒诞的想法出现在脑海：Luck 不会因为游戏赢不了就跑来秀恩爱吧？暗讽我是单身狗？

被这荒谬的想法逗笑，Sever 摇了摇头。

他点了杯卡布奇洛，将菜单递给服务员，重启话题："上次我在学院有些私事，缺席了 LPL 电竞邀请赛，真是抱歉。"

"是吗？没机会赢你真是遗憾！"白云说道。

"你赢过？"一个迷茫而无害的笑容绽放在 Sever 的嘴角。

白云："……"

忽然，Sever 的手机响了。他看了眼屏幕，似乎放弃了盘问："行吧，我后面约了人，就不坐了吧！"

"你忙。"白云终于客气了一次，提起蓝天挂在椅背上的包。

蓝天松了口气，抢到白云前面接过 Sever 递来的手办礼盒，脆生生道："谢谢！"

"不用。"Sever 莞尔一笑。

白云狠狠踩了蓝天一脚，但她毫不在意，欣喜地一边拿着手办左看右看，一边向外走。她还未走到门口，就见一群人从玻璃门外鱼贯而入。

他们是 AD 战队的队员，其中还有几位有名的电竞女主播。

几个男孩子嘻嘻哈哈地拍脑袋搂肩膀，一路疯闹，青春洋溢。女主播冷艳红唇，美得不可方物。一群人闪闪发光又目空一切。

然而，在撞见 Sever 和 Luck 共处一室的画面后，他们的表情似被扑面而来的冷气冻住。

从桌子上的残羹冷炙推断，这两位大神不仅私下见面，还其乐融融地坐在一起吃了顿下午茶。

什么情况？电竞圈两大神握手言和？

世纪大瓜！

平时 Sever 和 Luck 的关系有多恶劣，大家有目共睹。上次记者会结束，Luck 不仅对 Sever 比中指，还骂 Sever 娘娘腔。而 Sever 也放话，只要他在电竞圈一天，就让 Luck 永远拿不到第一。

Sever 见队友来了，侧身回头，似在答疑解惑：“Luck，我上次游戏带的妹子。”

一瞬间，所有人的神情变得像凡·高的名画《星空》似的，斑斓诡谲。美女主播们一脸震惊，方才和 AD 战队的成员在清吧小聚，男孩子们随口说了点 Sever 为适应《诡灵》这款网游带小白的八卦。原来他带的根本不是什么小白，而是大神 Luck。

“你俩啥时候关系这么好了？”一个穿着十厘米高跟鞋，身材火辣的美女调笑道。每次电竞比赛，这两人不仅在赛场上杀得你死我活，各自的粉丝也针锋相对。

相较于不明所以的电竞女主播，AD 战队的队员更是震惊到无以复加。这一个多月他们经常看见 Sever 带的女号对着聊天框噘嘴卖萌暴风哭泣，不承想那人竟然是 Luck！众人顿时起了一身鸡皮疙瘩。

原来这并非电竞圈两大神强强联合，而是强强“联姻”！思及此，AD 战队队员人人一脸惊悚。

桃子强颜欢笑，想缓和现场诡异的气氛：“老大，我们以为你发短信喊我们来咖啡厅是要请下午茶呢，没想到还有人要介绍啊。”

“Luck，我上次游戏带的妹子”这句话在 Luck 的脑海里盘旋了好一会儿，口吐芬芳已无法表达他此时的愤怒，他现在只想打人！

“不是。”Luck 猛地站起来，激动地否认。

“嗯，我也是这样想的。”Sever 露出胜利者的表情，声音温柔悦耳，“那是……”

Grace 战队与 AD 战队素来不睦，在场大部分是 AD 战队成员，如果在敌人那里落了口实，还不知会被编排成什么样子，简直是人生滑铁卢！直男人设社会性死亡。

Luck 欲哭无泪，咬了咬嘴唇：“是……”

众人异口同声地问：“是什么？”

Luck 看向蓝天。

众人也看着蓝天。她长得很乖巧，似乎很依恋 Luck。女朋友？这关系，真乱……

蓝天见哥哥神色有异，担忧地拽了拽他的衣角。Luck 妹控属性泛滥，大吼道：“对，是我！是我和他玩游戏！你们能把我怎么样？”

众人捂住胸口：“……”

烈日蝉鸣，青藤攀爬，燥热的空气在肌肤上裹了层黏腻的水汽。沿着种满樟树的长街走下去，是 X 大的后门。

“哥，你认识那个人？能帮我要联系方式吗？”出了咖啡厅，蓝天挽住 Luck。她方才全程大脑宕机，眼中只有 Sever 一个大帅哥。上学时，蓝天就爱指使 Luck 要同校帅哥的联系方式，如今故技重施。

“你怕是被吃进肚子都不知道怎么死的。”Luck 哼了声，“知道他在电竞圈的外号叫什么吗？”

“什么？”蓝天天真地瞪大眼睛。

“狼王！”Luck 伸出双手，做了个咬人的姿势。

“骗人！”蓝天噘嘴，“那个小哥哥看起来超级温柔，笑起来好好看！”

“不要看表象。”Luck 说道。每次他和 Sever 打交道都是吃亏的那一个，自家小花痴撞上这只大灰狼，恐怕被吃干抹尽还要替人家数钱！

“求你了！”

“不行！”

“可……他笑起来真的好好看。”蓝天小声申辩，女孩子遇上爱情都会变成诗人，“像夏季繁茂的香樟树叶缝隙中漏过的阳光。”

“你还是没遗传到你哥的审美。”Luck 身心俱创。

“那你告诉我他在哪里上学，我去偶遇啊！”蓝天自认为已让步。

“你哥哥我今天老脸都没了！”Luck终于奓毛了，“你以后绝不能和他扯上关系，不准！”

不死心的蓝天等Luck回宿舍后，又独自返回咖啡厅，希望能再次遇见方才那位小哥哥。但靠窗的座位上空荡荡的，人早散尽了。

她蹲在繁盛的大树下，看着从树叶缝隙中漏下的一个个光斑，独自嗟叹。忽然，一个念头在脑海闪现，蓝天兴高采烈地跑回了家。

晚上上线游戏，她进入《诡灵》聊天页面，发了条短信：【徒弟弟，下次姐姐带你出去玩！抱抱！小孩子电脑玩多了有损视力！】

借助熊孩子莫小野，迟早有天能再遇他哥！蓝天自恋地想：我真是机智！

半天未见回复，蓝天猜测莫小野那熊孩子定是去写作业了。她操纵着苗疆蛊女和大学舍友四处接任务，积攒各种稀有人物碎片。人物碎片可兑换游戏中的英雄，其中金色碎片最为稀有。在遇见Sever前，这是蓝天最爱的日常任务。她走马灯似的逛了不少风景，爆出稀有碎片的隐藏剧情一个都没落下。

收到蓝天信息的时候，Sever正从浴室出来，半裸着上身，水滴缓缓流向腹肌。他用毛巾擦了擦半干的黑发，眯起还沾染着水汽的眼睛，嘴角扯出意味深长的笑。

以他对Luck的了解，厚脸皮装萌妹已经够匪夷所思了。在被当众拆穿后，还能若无其事地给他发短信，并自称姐姐，他委实难以再相信。

Sever 移动鼠标，点了“PK”。

蓝天迷迷糊糊地接受，迷迷糊糊地倒地死亡，她睁着两汪清水似的明眸，好奇地问：【徒弟弟，你打我干吗？】

【你究竟是谁？】Sever 单刀直入。蓝天那波手忙脚乱的操作不似作伪，甚至连连招都不会。

蓝天悬在键盘上的手迟疑地落下：【我就是 Luck 啊。】

Sever 立刻发起视频通话，因为凭着对 Luck 战斗方式和性格的了解，他断定对方在说谎。

蓝天心跳如擂鼓，听着那嘟嘟声，她纠结至极。

见对面不接听，Sever 痞痞地打字道：【别装了，姐姐。】

蓝天羞愧难当，颤巍巍地接通电话，随后尖叫一声，因为对面竟然是下午那个笑起来极好看的小哥哥！

屏幕那边光线略暗，Sever 裸露的皮肤如珍珠散发着微光，清俊温柔的面容瞬间多了丝野性与凌厉。

意识到她在惨叫什么，Sever 特意将屏幕向上挪了挪：“啊，角度错了。”

蓝天鼻血都快飙出来了，这是角度的问题吗？不该穿好衣服再开视频吗？等她反应过来后，瞬间如打了鸡血！真是太幸运了！计划竟然如此顺利，她就这么越过莫小野这熊孩子，遇见了下午的帅哥！

“你说你是 Luck？”Sever 漫不经心地笑道，狐狸尾巴快摇上天了。若是男孩子，自然不会在意这些细节。

“莫小野呢？你在玩他的账号？”蓝天震惊。

“我向你坦白，你也说实话可好？”Sever声线低沉，喑哑魅惑，如创世神话中诱惑亚当夏娃偷食禁果的巨蛇。

“我……”蓝天娇小如荷花瓣的脸羞红了，低声解释前因后果。她实在太尿了，对面的小哥哥好看点，她就会把持不住，更何况是这种无意出卖了色相的！

“Luck是你哥哥？”Sever听完事情始末后问道。谁能料到暴躁男竟有如此乖巧的妹妹。

一场乌龙闹剧。

“对不起。”蓝天诚心道歉。

“没事，我也骗了你。”Sever此时倒也坦诚，把莫小野的事情一五一十地说了。

白衣剑客如朗月清风，渐渐和Sever的眉目重叠。在短短十几年人生中，蓝天头次发自内心地认为有三次元男孩子比二次元帅哥更好看的。原来，她一直在和帅哥玩游戏啊！这感觉如做梦般虚幻！

见蓝天满心悸动，Sever回避道：“最近很忙，短时间内没办法和你一起玩游戏了。”

蓝天不傻，凝视Sever的眸子，秒懂对方在隐晦地拒绝。

开始即别离，蓝天失落：“徒弟弟，你带我玩了这么久，总要让我报答下你吧！”

“你能给我什么？”Sever 笑了。

蓝天翻了翻游戏背包，说道：“这个给你。”

《诡灵》除了初选人物外，其他英雄都需攒碎片才能兑换。游戏里大部分是普通玩家，不可能如 Sever 那般精准选择强势职业，半路换职业者数不胜数。装备可以买，稀有碎片却有市无价。玩家们热衷 PK，大多都没心思收集碎片。

Sever 对于这项耗时耗力的巨大工程兴趣不大，他扫了一眼蓝天递来的碎片，笑了。若稀有碎片能进行寻常交易，也不能被称作稀有了，但他想两清二人恩怨，思索后说道：“结婚可以实现碎片共享。”

结婚？！蓝天惊呆了。若《诡灵》的师徒系统是个暗戳戳的秀恩爱系统，那么结婚系统则是明目张胆地昭告天下“你是我的”。婚后不仅可以用虚拟货币买到独栋小院和首饰、坐骑，还可以完全仿照现实婚姻，实现财产共享。当然，也可以交换碎片。

关闭视频聊天，蓝天将网游界面最大化。

【您是否同意 Sever 的求婚，一生一世一双人？】

收到这条信息后，她整个人都紧张起来。小女孩很简单，即便心里明知是假的，也会在感情上误以为真。蓝天手心沁出汗水，鼠标抬起又放下，整整重复三次后，Sever 在聊天框内发了个问号。

蓝天适才如梦初醒，嘴里念叨着：“这只是交换物品，要淡定，一定要淡定！”

点击“同意”后，柔和的光芒覆盖苗疆蛊女，游戏人物瞬间换了装束——凤冠霞帔，绾青丝，红颜比花艳，身侧的 Sever 亦一袭红衣。

他们站在青山秀水间，恍若一对璧人。蓝天忍不住按动游戏相机，截图保存。

《诡灵》内有一处地方名曰三生石畔，风景如画，血色诡谲的天空下，绵延着无边花海。不少新人在此盟誓，举行婚宴，大摆酒席。

游戏中的大餐附加各种增益效果，有加破防的，有加攻击力的，还有附加各种会心会效的奢侈大宴。游戏内一人一剑击杀敌对阵营玩家的“人头狗”数不胜数，这类人往往不修炼生活技能，不会自己制作各种食品药品，钱全部砸在了装备上，一穷二白的，最爱在三生石畔蹭吃蹭喝，讨要各种增益效果的新婚大宴。

蓝天和 Sever 一现身便被团团围住，满屏祝福：【百年好合，早生贵子。】

【交易物品才结婚的，不是你们想的那样。】蓝天慌了。

【啥交易还能赠个老公啊？】众人起哄。

【稀有碎片共享。】蓝天只得如实招供，她可没钱请这么多人吃饭。

【哇，结婚还带嫁妆，这妹子豪气！】众人不买账，非要蓝天请客。

蓝天：【……】她是真的没钱啊。

忽然，系统刷出一条消息：【Sever 夫妻新婚燕尔，大宴宾客。三生石畔五十桌会心会效大宴，诚邀各路英雄赏脸。】

蓝天窘了：什么是大神？这才是真大神。兜里全是钱，偏偏走了技术流，穿着身垃圾装，深藏不露。

玩家们一哄而上，酒足饭饱后，顺带对 Sever 一阵猛夸。

今天 Sever 和 Luck 握手言和的事情，对 AD 战队众队友冲击极大。他们组团注册了《诡灵》账号，刚一登录，就见系统一连刷了三次消息。

【桃之夭夭，灼灼其华。结发为夫妻，恩爱两不疑。欢娱在今夕，嬿婉及良时。努力爱春华，莫忘欢乐时。生当复来归，死当长相思。蓝天和 Sever 情投意合，天地共证，结为夫妻。】

一般情侣不会频频登上世界频道，Sever 为这次婚礼砸了多少钱，可见一斑。

AD 战队的众人惊呆了。

今日 Sever 和 Luck 见完面，竟然在游戏中结婚了！还如此隆重！

不承想当面互撕的二人，背地里却甜得掉牙！Luck 一个一米八的壮汉在电脑前拼命卖萌的形象越发鲜活了，为爱忍辱负重啊！好几个队员开始检讨自己的迟钝，竟然没嗅到这该死的恋爱酸臭味。

蓝天失神，交易完毕后再也没理由出现在 Sever 面前，唯一能当作纪念的，只是系统中虚假的夫妻关系。

三生石畔，枯骨红花，绚烂迤逦。蓝天飞奔在无边花海之上，无数荧蓝色的亡灵光点时隐时现。

漆黑的忘川河上，点点金色莲花坠落绚烂，开花即败。她寻到河畔浅水处，在巨石旁找到了孟婆。

在游戏剧情内，孟婆是个受过情伤的姑娘，忘却尘世，执意不前，千百年徘徊在冥河之上，送走归人，却送不走自己。她再也等不来那个人了。

蓝天把剧情任务又做了一遍，对着Sever变黑下线的头像发呆。

那个人应该很温柔吧？即使并不是真想在游戏里结婚，却也没让她难堪，还给了她最好的婚礼。

好想认识他，却相隔山海。

心内遗憾。

“蓝天，刚刚有个结婚的女号和你的ID一模一样！”蒋南风上线没多久，一脸不敢置信。

“对，一模一样。”蓝天呆怔道。

仲夏之夜，月光朦胧，星河万点。蓝天关了电脑，上了楼梯，躺在自家房屋顶楼的小竹床上。微风吹起发丝，她有些心碎，低声自语道：“再见了，Sever。”

Chapter 2

/ 谎言与飞鸟 /

所爱隔山海，山海或可平。

烈日当头，X 大校园门口人潮涌动，小广场上摆满了数百个社团招新的标语。学姐学长们使出浑身解数，场面浮夸热闹。

蓝天拖着重重的箱子，在人群中一路穿行。她将黑色外套盖在头上，犹如逃荒的难民般爬过如波浪起伏的山间马路。

中国风的建筑在群山绿树的环抱中隐隐浮现，宿舍终于到了！

“哎哟！我接了个新生！从今天起我也是有学弟的人了。”推开门，舍友蒋南风手舞足蹈，见到蓝天后问道，“蓝天，迎新生你咋没来呢？简直错过了盛世，二十多个水灵灵的汉子啊！”

在宿舍，蒋南风和蓝天关系极好，蓝天的第一个男朋友蓝翔就是她和蒋南风到外面唱 K 时认识的。蓝天失恋后，蒋南风似过意不去，特地带着她打网游放松心情。两人臭味相投，都爱犯花痴。别人追星会说自己是哪一家的粉丝，蒋南风追星只会说：“好看的都要。”

新学期开学季，蓝天成为一名大二学生。X 大的传统是互帮互助，学生在学生会的组织下迎接新生。

蓝天叹了口气：“你以为我不想去吗？我想也不能去啊！”

“你怎么就不能去接新生了？”蒋南风好奇，“有人拦着你不成？”

“何止有人拦我，简直是要我命！”蓝天诉苦。

大一当了半年宅女的蓝天，因失恋更加自闭，在哥哥Luck的热心开导和建议下，她决定参加社团转移注意力，积极走出阴影，恢复乐观心态。她平日里最喜爱看动漫，挑选了半天，最终入了动漫社。可不承想，这一去竟然被“变了性”！

X大现存的一百多个社团，每年通过评比上星。若新学年没有为学校获得像样的荣誉，就会面临掉星的风险。X大动漫社这两年遭遇了重大危机，人丁凋零，从五星掉到了四星，对于一个曾经辉煌至极的社团而言，这简直是奇耻大辱。

想有业绩，最便捷高效的方式是在全国性比赛中拔得头筹，诸如China Joy（中国国际数码互动娱乐展览会）、CICF（中国国际动漫节）等。而拥有一位高颜值受欢迎的男Coser（扮演者），无疑能最快脱颖而出。可动漫社多“死宅”，男生长相不敢恭维。

新任的动漫社社长陈佳儿是个御姐型的女强人，性格强势，非要干出点业绩才罢休，她一上任就向大一新生伸出魔爪。一日，她发短信说举行活动，定了教室，犹如青楼老鸨，将全社上下三十多个女生相了个遍后，挑中了蓝天。

原因是……胸平。

“社长，你杀了我吧，我怎么能反串男生呢？”蓝天在教室内抗争了半天，欲哭无泪。

蓝天秀眉纤长，明眸皓齿，巧笑倩兮间倒是极乖巧的女孩模样，但和英俊潇洒少年郎形象相距甚远。

最要命的是，她只有一米六八，帅哥最少也应该是一米七五以上。她简直难以想象，自己站在舞台上，用脆生生的萌妹声音向大家问好，并告诉所有人自己是男孩子时是怎样的情景。

会被……群嘲吧？

这不是弥天大谎，而是掩耳盗铃。

“不，你要相信，我们可是专业的！”社长忽悠道，“我有办法，保证不出岔子。”

在一系列威逼利诱和车轮战的围攻下，蓝天终于动摇，悲壮地答应成为一名男 Coser。

一场轰轰烈烈的造星计划正在酝酿中。

这几天新生初来乍到，纷纷聚集在 X 大小广场上选报自己感兴趣的社团，规划大学四年生活。社长让蓝天把舞台剧《大唐长风》那套古风男装穿上，参加社团招新，为后续的女扮男装试试水。

大太阳底下穿着厚重的古风衣服还要强装高冷？一定会露馅儿啊！蓝天借口家里有事，躲掉了社团招新，顺带错过了迎接新生。

蒋南风听罢狂笑拍桌：“下次活动什么时候？一定喊我！”

“今晚……”蓝天叹了口气，躲得过初一躲不过十五。

X 大礼堂，外国语学院迎新晚会现场。

社长和几个女孩子在后台化妆室将蓝天团团围住，描眉抹粉，好不忙碌。前前后后张罗了半小时，他们得意扬扬地搬出一面圆形化妆镜放在蓝天身前。

镜里的人极陌生，风神俊朗，身材高大。蓝天险些认不出自己，这不是化妆术！这是换头！

十厘米的增高鞋效果极佳，金银丝鸾朝凤绣纹锦衣下特意做了垫肩，显得蓝天宽肩窄腰，芝兰玉树。

“面部表情管理！对，没错，就是这种冷淡中带着点孤傲！”社长满意地摸着下巴。

“社长，你太厉害了！”蓝天由衷地赞叹。

社长忙嘱咐道：“你一说话可就露馅儿了，一会儿出去可把嘴巴闭上，时刻记住你是男人！”

蓝天重重地点了点头。

忽然，不远处传来一阵骚动。

外国语学院宣传部部长焦急地打电话：“她还没到学校？航班延误？开什么玩笑！晚会马上开始了！”

外国语学院迎新晚会交由文艺部和宣传部承办。大一新进的干事对各环节不熟悉，经验匮乏，学长学姐又有部分还未抵达学校，不能到场帮忙，大家有些手忙脚乱。

几个负责布置舞台和协调节目演出次序的学生会干事急得如热锅上的蚂蚁。

一个看起来像文艺部部长的女生火急火燎，怒气冲冲地大吼道：“还有十分钟，主持人居然没到岗！还航班延误？这么重要的事情现在才讲！你们倒说说现在怎么办！这件事你们必须负全责！”

一个大一新晋干事刚入学生会，哪里见过这阵势，直接被吓哭了。

“怎么回事？”就在众人陷入无助时，一个温柔的男声从旁边传来，给人以安定。

是Sever的声音！那声线很特殊，如春季的暖风，柔和舒展。即使只听过几次，隔着茫茫人群，蓝天也不会弄错。她猛地抬头，逆光望去，只见着个漆黑模糊的影子。这一刻，间隔的数米仿佛是隔着的山海，仿佛身处喧闹嘈杂的街头，猛地遇到了那个人，可一眨眼又消失不见了。她心脏怦怦直跳，想再求证一下，迈着步子循声而去。

可负责协调节目顺序的学生会干事已拿着节目单开始核实到场人员了，大声念着各个节目负责人的名字。

大型古风四幕舞台剧《大唐长风》第五个上场，社长不由分说地拽住蓝天宽大的袍子，要求全员再走一遍位。离China Joy全国大赛只有五个月了，他们能够上台练习的次数不多了，这是他们的孤高之战，从服化道具到一颦一笑都力求极致完美。

等蓝天再回首，Sever已消失在一片流光灯火中。

伴着熟悉优美的古风音乐，《大唐长风》要开始了。黑漆漆的后台，社长生怕弄错，不停地对身旁人叮嘱：“该你了，快上去。”

从舞台朝下望，耀眼的灯光形成一面巨大而厚实的黑色屏障。社员们收起平日里吊儿郎当的懒散样，紧张得像换了面孔，千百遍的排练早形成肉体机械记忆。

和 Sever 错过后，蓝天虽然内心不悦，但是面对台下黑压压的观众还是能控制住面部表情，眼神中却掩不住寒意，出场时展开金扇，隐有破空之势。

社长激动地捂住胸口。蓝天平时练习时神态举止总摆脱不了少女的娇憨，如今却拿捏得恰到好处。

唯美梦幻的灯光下，清冷俊逸的“少年”行到山花烂漫处，身姿翩然，玉树临风，神色冷淡却容貌秀丽，既拥有男性的气势，又不失如花般绽放的柔和。

社长专门去传媒学院找了位声音极具磁性的小哥哥念蓝天的台词。

高潮处飘下无数花瓣！观众们鼓掌，反响热烈。

蓝天心想：这就叫误打误撞吧！

“预演很成功，全国第一还是有希望的！”

一下场，社长和两个女生一同帮蓝天提起繁复的古风衣裙后摆，穿过礼堂黑黢黢的安全门朝外走。在后台换装不安全，他们的目的地是礼堂外的小厕所。

“社长，我想……”蓝天说道。

社长捂住蓝天的嘴，此时人来人往，她生怕别人听出蓝天是个女孩子。

走过观众席时，听到有学生在讨论自己，蓝天惴惴不安：这是要欺骗所有人吗？不好吧……

《大唐长风》之后的节目是外国语学院自己排演的英文小品，主持人自说自话地来了段相声，作为暖场，另一个搭档更绝，直接将其翻译成流利地道的英语后，又结合节目名讲了个跨文化交际的笑话。台下学生心领神会，爆笑连连。

这世间怎会有人说英文和说中文判若两人？快走出大礼堂时，蓝天激动地指着舞台："社长，主持人叫什么？我……我要找他！"

社长生怕蓝天闹出幺蛾子，忙从包里翻出节目单，说道："主持人叫柳青青！"

"我是问台上这个临时主持！"蓝天指着台上的Sever，"我方才听那些干事讲，原先那个主持人的航班延误了。"

"这我哪知道。"社长翻了个白眼。她近视两百多度，在《大唐长风》中饰演一个打酱油的丫头，取了眼镜又隔着观众席，很难分辨台上男生的面容。

蓝天失落，X大数万人，即便她真和Sever一个大学，能偶遇的概率也实在太小了，难不成真要到外国语学院上下课的必经之路上蹲守吗？一看就没戏了，她哭丧着脸跟在社长身后。

朗月星稀，夜风习习，黑黢黢的参天大树如同鬼魅。路灯下迎面走来两位女生，她们显然刚从礼堂出来，手里还拿着免费发放的紫色荧光棒，边走边八卦。

“太强了！主持人没到场，魔王连稿子都没看就上台了，又接受暴击了，我要回宿舍写作业，有这种人存在，我简直浪费空气和水。”

“人家上同传课时，法、英、日三国语言同时播放，给分得清清楚楚明明白白。顶级学神和我们能一个世界吗？以后人家一个小时时薪抵你一个月。最可恨的是这人还为了电竞比赛经常缺课，简直了……”另一个女生耸耸肩，絮絮叨叨地讲着她口中“人家”的各种逸事。

蓝天两眼放光，朝社长使了个眼色，便要凑上前去打听 Sever 的真实姓名。

社长拉住跃跃向前的蓝天，将其堵在身后，生怕她闹出什么幺蛾子：“同学，临时主持人叫什么名字？”

“你是说飙英语那个？”两个女生交换了下狐疑的目光，打量社长道，“他叫莫莜倩，有事吗？”

“嗯，我们社的 Coser 找他，具体不方便透露。”一句平淡的话被社长说得一波三折，寓意不明，有些莫名暧昧。

两个女生伸长脖子看了看躲在后面的蓝天。她脸上妆容未卸，朦胧夜色中如一俊秀少年。

直到蓝天被瞅得浑身发毛，她二人才收回目光，忽然像着了魔似的，狂笑不止：“交给我们好了！我们和莫莜倩同班，话一定带到。”

“那谢谢了！”社长望着飞快跑回礼堂的两个女生，心中莫名不安。

“她们为什么那么高兴啊？”蓝天有些疑惑。莫莜倩这名字在蓝天的脑海中循环了好几遍，怎么像女孩子的名字？不会又弄错了吧？

其他人亦是一脸蒙，似乎开启了隐藏剧情。

“If you never leave me, I will in life and death!（你若不离不弃，我必生死相依！）”

同班的陈月儿将这话在 Sever 耳畔念了八百遍后，Sever 温柔地转头笑道：“I decline.（我拒绝。）”

“喂，你好歹见一见啊！”陈月儿生气了。

陈月儿，Sever 大学同班同学，为人热情但爱八卦，遇事爱添油加醋，活生生将寻找 Sever 曲解成了替蓝天表白。

此时，文艺晚会已落下帷幕，观众离席，整个会场只剩打扫卫生的学生会干事。大门口几个男生艰难地搬动着展板，发出刺耳的剐蹭声。

部长和干事们围成一圈，进行工作总结。

Sever 坐在角落里，瞥了眼陈月儿，敷衍道：“我知道了，你可以回宿舍了。”

见 Sever 不理，陈月儿又换了中文，直截了当道：“外面有个人喜欢你呢！”

“明天早上不是有古英文鉴赏吗？”Sever换了个更舒服的姿势，手中的钢笔戳得纸面啪啪直响，“再说吧。”

大学三年时不时有女生向Sever表白，但从未听闻他恋爱，如今陈月儿算找到原因了——表白居然被排号预约了。

闻所未闻!

她气到翻白眼：“有时间打电竞，没时间听人表白，活该你大学一直是单身狗。”

莫莜倩慢悠悠地说：“我有感情洁癖，不是真爱不行。”

“真爱也不行，你太黑了。”大学同窗三年，陈月儿恨铁不成钢，“人都被吓跑了！连夕阳恋都要没了。”

莫莜倩：“……”

莫莜倩，隐藏电竞选手Sever，外号魔王，生着副好皮囊，君子如风，美如冠玉，为人更是可亲，笑起来仿佛天地寂灭只余他一点微光。初来外国语学院时，他凭借着一张招牌式的帅哥面孔，吸引了无数女孩子的芳心。

但在将他吹捧为“史诗级白月光”后，大家不约而同地换了说辞：“贱人自有天收！”

外国语学院男女比例严重不均，被称作尼姑庵。这里女人当男人使，男人当牲口使。而Sever当文艺部部长时打破了这一习俗，他告诉众人，女孩子也是可以当牲口使的，而且比男人更强大。妇女能顶半边天，被验证了无数遍。干事们被莫莜倩调教得气场十足，眼神凌厉。

原本，Sever 组织学生工作很受辅导员和教授赏识，是未来升任学生会会长的最佳人选之一，但他竟在就任文艺部部长的第三个月辞职了。

白月光从此变成白饭粒。

有好事者当面询问 Sever 缘由，他说：“世间安有两全法，不负如来不负卿？我热爱电竞，就只能放弃其他道路。”

众人恍然。

其实 Sever 的很多行为并非无迹可循，此人虽是学院顶级学神，但经常神龙见首不见尾，跑去参加各种电竞集训。

我国规定电竞选手必须年满十八周岁，Sever 十七岁上大学，在学生会混了一年后，十八岁时迫不及待地以电竞选手的身份正式出道。至于他为什么初到电竞战队便能成为队长，对于很多人而言，依旧是个未解之谜。

纵使只当了三个月部长，可 Sever 还是成了学生会最恐怖的传说之一。今日他被文艺部全体成员拉着客串主持人，又负责打扫工作。

已经深夜十一点了！可莫莜倩非要今日事今日毕，让众人把礼堂现场收拾干净，干事们只得垂头丧气地清扫场地。一堆人搬完板凳，麻利地爬上梯子，扯下房顶的彩带。

在莫莜倩的“邪恶统治与奴役”下，女孩们力拔千钧气盖世，心里骂兮兮，脸上笑嘻嘻。一切井然有序又繁忙异常，气球爆裂声和椅子挪动声充斥会场。

在听到陈月儿的话后，几个扛着大型展板的女生面有异色，悄悄交头接耳：“谁那么大胆，居然向魔王表白！”

这是想在他手底下当一辈子“奴隶”吗？！

莫莜倩清了清嗓子，帮现任文艺部部长李菲菲整理工作思路。

当初莫莜倩任文艺部部长时，李菲菲是他手下的干事，可以说是被他一手培养出来的。只是这纯洁的上下级关系只延续了三个月，便夭折了。

“当初入学生会，我最大的目标就是打败您……不，得到您的认可！”李菲菲怨念异常，借用方才陈月儿的话，将其翻译成中文，“只要你一天活着，就一天是我的老部长。你若不离不弃，我必与你同归于尽。”

两个扫地的女生暗自发笑。“If you never leave me, I will in life and death”的真正意思是你若不离不弃，我必生死相依。李菲菲果然依旧对莫莜倩中途退出学生会的事情耿耿于怀。

“‘If you never leave me, I will in life and death’是这意思？综合英语多少分啊？没及格吧？”Sever 跷起修长的腿，一手撑住面颊，歪头一展笑颜，凑近李菲菲的耳畔，轻声道，“我教你啊。”

面对暗讽还能如此气定神闲地指出翻译错误！也太撩了！李菲菲被那口气吹得欲生欲死，涨红着脸恨声道：“不劳您费心。”

一边是陈月儿代替他人表白，一边是文艺部部长怨气滔天的工作总结，Sever 身侧热闹非凡。

彩纸和荧光棒被清理完毕，学生会仅有的两个男生抬起垃圾桶，朝礼堂外走去。其他人到后台拿起背包，动作快的已走出礼堂。

眼看要收工了，陈月儿为了吸引 Sever 的注意，打断李菲菲和他的谜之对话，用猎奇的口吻道："喂，这个不一样！是个男孩子哦！"

这声音并不大，如一滴水坠落在平静浩渺的江中，却激起层层烟波，继而掀起漫天巨浪。

女孩子给莫莜倩写情书表白并不稀奇，可男生就算是奇闻了。

女孩们瞬间尖叫起来，热泪盈眶：难怪本仙女是如此闭月羞花沉鱼落雁的一个可人儿，怎么到 Sever 这儿美人计都使不出了呢！

怪不得曾有色艺双绝的学姐倒追 Sever 没得手后，狠声放话："他一天不找女朋友，就一天不能自证喜欢女生！"

多狠毒的诅咒。

守得云开见月明，原来并非大家魅力不够，而是莫莜倩本身就有问题！

"胡说，我们家魔王的女朋友一定超优秀超漂亮。"一堆人兴奋地将陈月儿团团围住，满脸写着"快给我们讲讲，不讲掐死你"。

陈月儿一愣："你们其实见过。"

"哪个？"

"动漫社节目《大唐长风》的男主角啊！"陈月儿挠了挠头，"就是……我忘记问他叫什么了，应该还在这附近吧。"

刚开学，宿舍未宵禁。十一点的校园南区，灯火通明。

由于今日初战告捷，动漫社一群人犹如打了鸡血，继续在运动场上纠正动作，复盘舞台。

休息的空当，蓝天撞见白云在篮球场打球，失魂落魄地唤了声：“哥哥。”

白云瞅了半天才认出是蓝天，悚然道：“你怎么化成了这个鬼样子？”

“社长说带着妆走位有感觉。”蓝天抹了把脸，粉扑簌簌地往下掉。

她鼓起勇气打听 Sever 的信息，最后还是失败了，那两个女生一去不复返。

蓝天可怜兮兮道：“那个男生在 X 大，你为什么不告诉我？”

AD 战队主力 Sever，原名莫莜倩，X 大外国语学院大三学生，成绩优异。作为他的对家，Luck 绝对合格，连 Sever 一米八二的身高都背了下来。此刻，白云板着脸道：“不认识，不知道！”

“骗人！”

“对。你还想被男人再骗一次？”白云不耐烦，正巧外国语学院的一群女孩簇拥着 Sever 从礼堂出来，他一把扳过蓝天的头，下巴抬了抬，“喏，你要找的人。”

校园的一条林荫大道上，Sever 边走边和几个女孩子争论，一群人爆发出阵阵哄笑。他一只手放在裤袋中，神色清冷，嘴角挂着丝少见的无可奈何。走到小吃街旁，十几个女孩将奶茶店团团围住，争抢着点单。

距离太远，蓝天听不清他们在讲什么，只知道最后 Sever 掏出手机，付了账。

“你去数数那边有多少漂亮小姐姐，再看看够不够资格加入人家的后宫。”白云轻蔑地看了眼蓝天平坦的胸部，“那样的人，你 hold 不住，也不值得。”

南区理工科学院居多，男孩子们爱熬夜，美食城到了凌晨三点才关门。作为一名职业电竞选手，Luck 也爱熬夜，打击完蓝天，他神清气爽地吃夜宵去了，咋咋呼呼地为夜晚的电竞集训做准备。

深夜十一点半，运动场上空的高压钠灯熄灭，周遭只剩夜跑的零星学生。蓝天垂头散步，眼泪如断线的珠子。

原来，有那么多女孩子喜欢 Sever，自己只是很多人中的一个，不优秀也不耀眼，难怪他可以那么云淡风轻地拒绝自己。

蓝天揉了揉眼睛，忽然听到有人在高高的观众席上喊她的名字。

她抬起头，Sever 朝她丢了瓶饮料，双眼在黑夜中如星光明亮，问道：“小姑娘，你找我？”

一时间，血液全部冲进脑子，这画面冲击感太强，蓝天失语。

“你是不是叫蓝天？”Sever 见她呆愣愣的，开口喊出她的名字。

蓝天汗毛直立，一时思绪万千，无数纷杂念头搅在一处，竟理不出头绪：方才那两个小姑娘把话带到了？可 Sever 是如何找到我的呢？又如何知道我叫蓝天？

现在脸上的妆全哭花了，蓝天很容易被认出是个女孩子，社长的复兴大业要毁于一旦了。

她踉跄后退，外强中干道：“我我我……我是男孩子。”

为了欺骗自己相信这个漏洞百出的谎言，蓝天坚定地重复道：“对，男孩子！”

Sever 失笑：“我问你是男是女了？干吗这么紧张？”

《大唐长风》编舞场景美轮美奂，他在接手主持人工作时，留意到节目表上的男主角叫蓝天。负责传话表白的陈月儿说，蓝天就在这附近。他在操场寻了一圈，没发现哪个人与其相像，倒是有个哭哭啼啼的女生的五官轮廓与其极为相似。

Sever 暗地里端详了好一会儿，发现这张脸和暑假里某个女孩的脸重合了。他有些举棋不定才冷不防地叫出声，随后又试探着喊了句“姑娘”。待听到那萌萌的小奶音后，Sever 已百分百确信她就是暑假时他在游戏中拜的师父——那个蠢萌的妹子。

继让哥哥 Luck 冒充自己后，这女孩直接装成了男人？

图什么啊？

剧情太过匪夷所思，Sever 从观众席绕进操场跑道，再次确认了一遍。此时，蓝天脱下了繁复的古风外套，只穿着件单薄长衫，脸上的妆已全花了，正是如假包换的女生相貌。

Sever 笑了笑：“我们缘分不浅。”

“我……我不认识你！”蓝天声音中带着哭腔，说完就尿了，若承认自己是女生，社长还不生生把她剐了。她只想找白马王子，可没想把社长卖了。

“你怎么会不认识我？我们暑假不是还一起玩过游戏？这么快翻脸不认人？”Sever 的笑容如春水荡漾，荡得蓝天心底痒痒的。

夏季的晚风里有股淡淡的青草气息，混合着 Sever 身上的清香。蓝天最抵抗不了帅哥，让她否认认识这么好看的小哥哥？不可能！她刚欲招供，社长就火急火燎地赶到了。

动漫社排练中途未找到蓝天，大家空出蓝天的位置，继续练习。社长远远地看见外国语学院那群人扎堆在操场边缘，全瞅着一个男生和蓝天说话，便知大事不好。

蓝天见社长一脸慌张地跑来，便和她对了“已经知道了”的口型。

打造流量 Coser 计划胎死腹中。

“不可能！”社长低声道，“只要你不承认，谁拿你有办法？”

“嗯，没有承认，可他已经知道了啊。”蓝天两手一摊。若没暑假那一出，耍无赖应该能忽悠过去，可 Sever 对她知根知底。她有些后悔为何非要穿着男 Coser 的衣服去寻 Sever，简直作茧自缚。

为今之计，先撤为妙。

社长拉住蓝天，转身浮夸地和 Sever 告别：“拜拜！”

“等下，我想这里有点误会。”Sever 拦住她们，“我们学院的人都以为蓝天是男生，还和我表白，这让我很难堪。我想她应该和我一起解释清楚。”

方才在奶茶店，Sever 被女孩子们起哄，他解释了好几次，收效甚微。他向来不喜被动，躲不掉只能迎头上了，绝不能让那群古灵精怪的女孩子再乱传自己的八卦。

操场上漆黑一片，看人视物极模糊。外国语学院那群人探着头，热泪盈眶，如送闺女出嫁的老母亲似的，远远地站在操场边缘，盼望着 Sever 与蓝天的史诗级搭讪。

虽说只能看见大概轮廓，可依旧抵不住她们狂野的热情！

这场表白值得载入史册，成为编排魔王最大的黑料！

女孩们把手都拍红了，齐声激动道："威武！好暖！魔王，这一刻将改变你的人生！"

Sever"呵"了声，只得去面对这尴尬场景。好在一切只是乌龙，蓝天是货真价实的女孩子。估计不到一会儿，那群脑回路开到外星的人，便会悻悻散去。

可社长打算来个死不认账，反问道："她难道不是男孩子？她这么可爱一定是男孩子啊！"

蓝天弱弱地躲在社长身后，一脸窘迫。

Sever 被逗笑了："怎么证明？"

"凭什么向你证明啊！"

"无法自证？"Sever 的声音越发愉悦和危险。

社长脸色极其难看。忽然，蓝天胸前一凉，冷风穿衣而入。

"看，男的，平的。"社长一把撩开蓝天的上衣。

蓝天尖叫："啊——"她被看光了！

那晚，流传出很多个版本的传说，其中蓝天和 Sever 初遇互相展示腹肌的故事最为出名。口口相传的兄弟情里，上来便"出卖"了肉体。

Chapter 3

/ 大神与小白 /

透过窗户向外望，有一棵很大的树，枝繁叶茂，绿油油的。如果是小时候，蓝天一定会站在它下面仰望，会以为这棵树有十层楼那么高，想象上面有多少只天牛，多少个鸟窝。不过现在，她只会觉得那是一棵树，也没觉得十层楼有多高。

人这一生会发生很多事，谁也不知道哪一件让你得意扬扬的过往化作齑粉。

站在盥洗室的落地镜前，蓝天掀开上衣，睁大眼睛仔细端详。胸部确实很小，但也……没夸张到一马平川。

社长真是太欺负人了。若没有网上那场露水情缘，社长惊天地泣鬼神的举动，说不定真能唬住 Sever。可好巧不巧，对方对蓝天知根知底。

蓝天闭眼回忆，那晚夜色浸染，灯光朦胧，她内里穿着束胸，莫名燥热。被掀起衣服的瞬间，Sever 未必真能看清什么，但在喜欢的男孩面前袒胸露背，对于任何女孩而言，都太过羞耻和致命！她涨红了面颊，崩溃地揉了揉头发，不小心将牙缸打落在地上。

而最关键的是 Sever 未必会信。没错，他真的一点都不信，一向波澜不惊的 Sever 居然脸红了，还掩饰性地低头摸了半天鼻子。

但这还不是最丢人的。Sever 不上《诡灵》游戏后，也不回蓝天 QQ 消息了。

当时，在对方看过自己胸部后，她鬼使神差地走上前一步道：“你能给我一个能经常联系到你的联系方式吗？”

这下，社长都不淡定了，直接对蓝天竖起大拇指。

可加上Sever微信后，蓝天在社长的强烈要求下，干的第一件事不是谈情说爱，而是央求Sever不要把她女扮男装的事情抖出去。

“去Luck的房间，把Grace战队LPL游戏的英雄出场阵容给我。”Sever为自己的名誉受损提了补偿条件，“如果你能做到，这件事我会保密。”

Sever的要求有些无理，无理中又透着股漫不经心。他根本没把蓝天当回事，又或者说只是想用这种无理吓退这个女孩。

Grace战队上次比赛窃取了AD战队的英雄出场阵容，Sever作为AD战队的队长，准备用以牙还牙的方式，对不正当竞争的对手实施报复。蓝天陷入天人交战中，一面是最亲的哥哥，一面是动漫社上百人半年的心血，辜负哪一方都过意不去。

“嗯？不愿意？”见蓝天迟迟不回复，Sever的声线带了丝诱惑。

“我去！”蓝天道。

蓝天和蒋南风属同一类人，都有青春性精神病，俗称花痴，对好看的小哥哥毫无招架之力，有求必应。

收起回忆，蓝天整理好上衣，不再研究自己的胸部，打开盥洗室的门。

蓝天白云两兄妹住在X大附近，回家只有半个小时车程，周末会陪爸妈吃顿丰盛的晚饭。此刻，白云酒足饭饱，正抱着狗躺在沙发上，和老爸侃大山，丝毫未注意蓝天蹑手蹑脚地闪进了他的房间。

在堆积如山的内裤、书籍和游戏机间，蓝天艰难地吐了口浊气。

这是糙汉子的房间？不，猪都比白云住得宽敞！

终于，在一堆交缠的电线中，蓝天刨出了张花花绿绿的纸，上面写着最强阵容！

应该是它吧！蓝天颤抖着双手掏出手机，“咔嚓”拍了张照。

“你在做什么？”白云的声音冷不丁在背后炸响。自从上次咖啡厅事件后，白云感觉周遭人看他的眼神都变了，便更加留意蓝天的动向。

蓝天慌忙转身，桌上的书本、电脑如多米诺骨牌般轰然下坠，她喊了声“哥”后，紧紧攥住衣服下摆，悄悄地将手机放进裤袋。

被抓包了！

“手机。”白云伸手。自己这个妹妹从小单纯，撒谎技巧极其拙劣，她一定有事瞒着自己。

“这是我的隐私……”蓝天还未说完，白云就猛地抓住她的手腕，一把将其按倒在椅子上。

蓝天“哎哟”了一声，腰都快折了，大喊道：“给你还不行嘛！”

白云抓住蓝天的手指，解锁手机，看见屏幕上的那行字，眼都看直了——《惊！探秘电竞大神 Luck 的房间，竟然脏成了猪窝！》

手机上的网页是某电竞论坛。蓝天写了个帖子，题目下方是刚刚拍的房间照片，还未点击发送。

“电竞大神？我不是网瘾少年吗？”白云哼了声。小时候，蓝天经常和母亲一道嘲笑白云想成为电竞职业选手的梦想。

“还好啦。”蓝天假笑。

“没想到你在有生之年竟然能摆脱自己对世界狭隘的偏见！”白云激动得热泪盈眶，拿起桌上的草稿本，“这简直是我打电竞以来最有存在感的一天，要不要我给你签个名？”

蓝天含糊地应了声，强忍痛扁白云的冲动，捧着他签的一堆祝福，回了房间。

捧着手机，蓝天才发现帖子被白云不小心点了发送。

下方网友留言群嘲：【惊！探秘电竞大神 Luck 竟与 Sever 私交甚笃，同吃同住！】

蓝天：“……”

蓝天爬上床，脱掉鞋子，用脚指头在屏幕上摁了下。

新手机是双系统，有个隐藏功能：用不同指纹解锁能进入不同界面。方才蓝天进屋后先拍了张全景图，再打开另一系统拍摄了那张机密的最强阵容。白云验证进入的是拍摄了全景图的系统，并未进入存放最强阵容图的系统。在如何拿到机密资料这件事上，她足足准备了三个方案。蓝天打小逻辑缜密，聪慧异常。只可惜，这股子劲全用在了读书上，性格在傻白甜的道路上飞驰壮大。

蓝天倒在床上，打开聊天软件，发丝凌乱地铺在被褥上。她仰面拿起手机，再三确认照片已传给 Sever 后，咽了咽口水，如释重负道：“徒弟弟，这是唯一，也是最后一次哦！”

她等了许久，Sever依旧没回消息。其实从之前的种种迹象就能看出，Sever并没有将她看成朋友，充其量只是觉得她是个奇怪的陌生女孩子罢了。蓝天略微有些失落地放下手机，就在她准备做点其他事情时，忽然收到了新消息。

Sever回道：【你是认真的？】

这张《诡灵》游戏宣传画上新推出的角色旁写着最强阵容，剑客舞女衣袂飞扬。小白妹子居然把宣传画当阵容图？Sever当场石化。

【当然！我滴水不漏！】蓝天信誓旦旦。

Sever：【我相信你是男孩子了。】

蓝天：【？？？】

【因为说你是外星人，都会有人相信的。】

那一瞬，蓝天感觉Sever终于开始注意到自己了，只是为何隐约有些不太妙?

这几天，白云产生了身患绝症的强烈错觉。蓝天左手拿奶茶，右手执电动小风扇，忙前忙后，殷勤得犹如女仆，撒娇着要看他打比赛!

白云颤声反省：“哥哥脾气太差，知道这些年很对不起你，拆散了你和很多渣男的姻缘。我去帮你表白，我现在就去约Sever。”

“不了，不了。”蓝天摆手，“我现在只对哥哥感兴趣，带我去围观下你们的比赛吧！”

白云不胜其扰，只得答应。

LPL 职业邀请赛在邻近 X 城的 C 城体育馆举行。Grace 战队包的大巴，大概 3 个小时到达目的地。主办方已经协调好酒店住宿，整个行程两天一夜。

每场比赛都允许自带家属围观助威。白云先前一直不愿将家人牵扯进电竞圈，这次蓝天主动要求，他只得答应。初次参加 Grace 战队的集体活动，队员们都将目光集中在蓝天身上，纷纷猜测她与 Luck 的关系。

蓝天和 Luck 坐在车门旁的座位上，看似其乐融融，实际剑拔弩张。

大巴行到 X 市中心的某大型小区旁。Grace 战队队长 51 刚上车，便听到 Luck 说着“Sever”“表白”“约”这类的字眼。

难道近期疯传的桃色八卦竟然是“实锤”？

Grace 队长 51 朝 Luck 竖起大拇指。

51 沉迷于各种攻心计阴谋论和抗日神剧，是厚黑学以及宫斗文的忠实粉丝。只要不走正路，便是 51 的大路。Grace 战队队员严格谨记 51 教导，积极培养与 AD 战队的仇视对立情绪，平时不搭话，私下不往来。前些天 51 用非常手段小胜 AD 战队一局，志得意满，可不承想 Luck 竟还技高一筹：不按套路不顾颜面强装妹子，狠狠诓了 Sever 一把。

51感觉赛前准备的泻药用不上了。这次LPL职业邀请赛，Sever一定会为了与Luck的坚定革命友谊在比赛时放水！

Luck皱眉道："队长，我这是激将法，谁会真去约Sever啊？"

"年轻人就要勇敢点！约就约！爱要说出来！"51拍了拍Luck的肩膀以示安慰。

Luck一脸困惑。

51友好地对蓝天微笑，露出牙齿。

蓝天瞬间星星眼：Grace战队队长真是好人！竟然不反对她看好看的小哥哥！人间难觅是知音！

三人坐在一处聊得热火朝天，一路有说有笑。等大巴车到达体育馆时，蓝天已和51十分熟悉。突然，一股内疚之情涌上她的心头：自己竟然为了私欲出卖了Grace战队里如此可爱的队员们！

在她胡思乱想之际，Grace的队员们陆续下车，在酒店放好行李，稍微休整片刻，从体育馆侧门进入VIP休息区。蓝天和Luck分开后，在体育馆外买了瓶水，然后去观众席坐定。

一直认为电竞比赛是十分偏门的项目，蓝天到达现场后，看法发生了一百八十度大逆转。观众们十分热情，座无虚席，人山人海。

半个小时后，AD战队和Grace战队的队标出现在巨型屏幕上。四周的欢呼声和呐喊声震耳欲聋，如飓风盘旋，将气氛推至灼热。

分屏切出Sever的侧颜特写，他眼神专注，面容沉静。蓝天心里莫名"咯噔"一下。

主持人热情激昂地致辞后，双方队友就位开打。

开场五分钟，Sever 一波灭了 51 在内的三人。粉丝们见状疯狂尖叫，举着应援的牌子，其上写着“狼王 Sever”的字样。

上半场快结束时，Sever 孤军插入 Grace 战队的防守要地，在塔下偷了 Luck 的人头。这波操作十分犀利，Luck 气急败坏地摔了键盘，主持人激动得爆了粗口。

蓝天身旁的观众跳起，振臂高呼：“Sever 无敌！”

而整个 Grace 战队面对一边倒的战局，情绪较萎靡。

蓝天无比纠结地抠着手指：一定是那张机密的最强阵容发挥作用了，我试图满足 Sever，试图保护动漫社，却害得 Grace 战队队员们输了比赛。

中场休息时，蓝天跑到休息区，鼓起勇气向 Grace 队队长 51 坦白。

“什么？太无耻了！”51 气愤极了，拿起手机不知给谁打了电话，不一会儿工作人员慌慌张张地跑来了解情况。

离下半场开赛还有两分钟，队员们还未就位，观众议论纷纷。

“你们先比，有事赛后商量。”主持人焦虑不安地看向过道，观众席上几个男子将手中的矿泉水瓶捏得啪啪响。

“不行，这件事要当面讲清楚。”51 毫不让步，“我要求公布事件真相并重赛。”

“私下解决吧。”一个工作人员说道。

游戏战队身后是大量资本运作，牵扯利益盘根错节，若现场抓出作弊，不仅会让AD战队名誉受损，一蹶不振，而且还会牵连主办方。覆巢之下焉有完卵？方才工作人员向上头反映情况后，现在还未给答复。

事态僵持。

主持人手心沁出细密的汗水，走上舞台试图拖延时间。

“你们到底想怎样？”这时，AD战队的队员也坐不住了，纷纷挤在休息室前的过道上，其中一个队员与其理论，“上次泄露阵容的事情分明是你们做的，怎么这屎盆子还到处乱扣？”

“这次证据确凿！哪里来的屎盆子？”51叫嚣。

“那就把证据拿出来吧。”Sever也从VIP休息室出来了，神色淡定，不急不躁。

蓝天撞上Sever的目光，仿佛被烈火灼伤，迅速低下头。

“讲就讲！”51强硬道，将蓝天拉过来，“你说，那聊天记录呢？”

蓝天掏出手机，51一把抢过，等他看清后，忽然像噎食了般，瞪大眼睛鼓起嘴，满眼都是游戏《诡灵》花花绿绿的宣传图。

“啊？我最近也在玩这款游戏，蛮火。”Sever探过头来，笑得越发闲适。

“你是不是拿错了？”51怒问。

蓝天迷惑又委屈：“就是这张啊。”

“不用再检查了，她传给我的图，我当然也有，要是你们不相信，也可以检查我的手机。”Sever声音温柔悦耳，刀刀致命，笑容从眼角蔓延至唇畔，眸子亮如繁星，泛着冷光，“其实这种事你们是最擅长的。我们第一次没做好，出岔子也很正常。”

“你们这是犯罪未遂！”51瞳孔收缩，鼻孔喷气，整张脸成了酱油色，异常可怕。

仿佛有无数白鸽在天际闪着白光，发出巨大轰鸣，剩下的话蓝天全部听不见了，她整个人放空，恍惚中又有人将她的手机查看了好几遍。她有些厌烦，敷衍地应着，还听到Luck的大吼大叫声。待她再回神，整个体育馆都空了，只剩清扫垃圾的阿姨们。

蓝天独自靠在空荡荡的休息室走廊内，墙壁冰冷。也不知过了多久，她动身回到宾馆，机械性地脱掉浸润汗渍的外套，换上睡衣。

用被子蒙头，黑暗里手机屏幕发出荧荧微光，蓝天在搜索栏输入“LPL”。

LPL是《英雄联盟》的英文缩写。蓝天先入为主，将其误以为是《诡灵》游戏，在所有人面前闹了个滑稽又可怕的笑话。

透过窗户向外望，有一棵很大的树，枝繁叶茂，绿油油的。如果是小时候，蓝天一定会站在它下面仰望，会以为这棵树有十层楼那么高，想象上面有多少只天牛，多少个鸟窝。不过现在，她只会觉得那是一棵树，也没觉得十层楼有多高。

人这一生会发生很多事，谁也不知道哪一件让你得意扬扬的过往化作齑粉。

它就像核弹的开关，在寂静的夜晚，悄无声息被按动。

一阵刺眼的光芒中，泯灭整个世界。

而新的嫩芽长在废墟之上。

蓝天径直下楼，敲开 Sever 的房门。主办方将 Grace 战队和 AD 战队的房间安排在了一处，查找资料袋就可知道所有人的房号。

房间内很嘈杂。莫小野趴在床上玩平板游戏，见蓝天进门，用漆黑如葡萄的眼睛死死盯住她。AD 战队的两名队友正和 Sever 讨论比赛战术，觉察气氛不对，又瞟了眼蓝天身上的睡衣，识趣地起身离开，笑得意味深长。

“有事？”Sever 将队友送出房间，瞥了眼蓝天，拿起桌上的玻璃杯。

“你利用我。”蓝天单刀直入。

Sever 在房间里翻找遥控器，有些心不在焉，自顾自地做着事情：“利用你什么了？”

“你利用我笨。”

Sever 的动作瞬间停顿。莫小野扭头张大了嘴。

下午体育馆的情况，Grace 战队队员一定会认为蓝天与 Sever 串通一气，算计他们，故意挖坑。

蓝天气道：“你为什么不告诉我找错图了呢？”

“你认为有必要吗？”Sever 反问道。

蓝天摇头。

“那不就结了。”Sever 将电视调到 CGTN 的英文播报。

“我喜欢你。”蓝天微仰起头，直视 Sever 的眼睛，“我知道你并不喜欢我，所以你不必在乎我的感受。”

隐晦的话被说得如此敞亮，蓝天心上一轻，反倒 Sever 神色讶然。

时间仿佛静止，月光如水，只有窗外的大树在一阵微风中轻轻摇曳。

“可如今我仔细反思了下自己对你的喜欢，肤浅又廉价。我也不知道为什么会喜欢你这样的人！因为你长得帅吗？！可能我就是个花痴吧！所以我不怨你！这份爱，这份喜欢，甚至连我都唾弃！”

未等 Sever 开口，蓝天九十度弯腰鞠躬：“对不起。”

“等下，你刚刚是在表白吗？”Sever 揉着太阳穴，被气笑了，“我应该没理解错吧？”

仿佛罪犯幡然醒悟，痛哭流涕地祈求被害人原谅。Sever 第一次感受到如此窒息的表白，仅仅持续了十几秒钟便宣称不爱了，这是越过肉体，直接玷污了灵魂。

肤浅？廉价？这是什么用词？

“为了弥补我的过错，我决定不再喜欢你了。”蓝天说道，“这并不是我想要的爱情。”

那一瞬 Sever 十分想问“那你想要什么样的爱情”，但脱口而出的却是极冷淡的一句话：“嗯，没事，你随意。”

昨天 AD 战队和 Grace 战队的比赛以 AD 战队大获全胜告终，51 在中场休息时闹的那出更让 Grace 战队颜面尽失。

第二天LPL邀请赛，AD战队与另一战队展开厮杀。Sever选择了法术系英雄，在中路瞬移走位，一连五杀。队友借机拥进对方老巢，快速推塔，酣畅淋漓。

队友兴奋道：“Sever这波输出杀气很重啊。”

“好像昨晚Luck的女朋友找过他。”赛后一队友八卦，朝蓝天那边使了个眼色。由于AD战队和Grace战队之间向来不睦，极少来往，电竞选手在公众面前选择保护隐私，像蓝天是Luck亲妹妹这种事，很少有人知晓。况且二人并非一个姓氏，而是一个跟父姓一个随母姓，自然被人当作了男女朋友。

AD战队队员的目光在Luck和Sever之间来回。Luck昨日输了比赛，自然摆了张臭脸，而Sever被蓝天表白即拒绝的神操作震住，收起挂在嘴角的微笑，整个人散发着一股凛冽的寒气。所有人瞬间福至心灵，脑补出几部史诗级虐恋小说：

故事一：Sever与Luck间的关系败露，Luck女朋友大发雷霆，找Sever算账，Sever卒；

故事二：Sever与Luck女朋友联手算计了Grace战队，Luck女朋友以此为条件让Sever离开Luck，但谈判失败，Sever卒；

故事三：Luck的女朋友移情别恋，昨日与Sever共度一晚，不幸事情败露被Luck知晓，Sever卒。

无论哪种，Sever和Luck的脑袋上都是一片碧绿的呼伦贝尔大草原。

两个帅哥好好的啥样的女孩子找不到啊？

何必？

Sever 优点很多，就是情路太坎坷了！

众人唏嘘不已。

Sever 瞧着周遭毫无由来的同情目光，面色越发冷了。

比赛结束后，他在电梯里一把拎住两个队员的后领，不耐烦地说：“来，陪我打一局。”

“队长……”两个队员可怜巴巴地交换了下眼神。

Sever，一年前出道即巅峰，是俱乐部给 AD 战队安排的空降队长，在短短几个月里带领全队斩获几项国内顶级联赛冠军。与铁血手腕形成鲜明对比的是，其人温润可亲，平时队友们都直呼其名，“队长”这个词在 AD 战队主要用于向 Sever 讨饶。

“你，还有你，也一起。”Sever 在电梯口拦住另外两名队员，“离吃晚饭还有两个小时，今天比赛录像重看一遍复盘。”

众人在心中无声地呐喊：要不要这么“鬼畜”？刚刚才打完比赛啊！

“一会儿交三千字总结。”Sever 淡淡地说道。

“可我们赢了啊！队长。”有人在旁不服气道。

“那是你们赢的吗？”Sever 冷笑，“有些人走位出装都成什么了？”

Sever 平日言语温和，此刻如此不留情面地噎人，难道被魂穿了？

“对，那是队长你赢了。”桃子在旁忙拍马屁道。

她朝其他队友使了个眼色，躲在人群最后面，拿起手机，在AD战队的一个私聊群内，一顿噼里啪啦地疯狂输出：【看！队长失恋了！心情多么郁闷！我们作为队友，应该多帮助他！大家想想办法，让他重归爱的抱抱！】

【你是怕再被罚吧！】一个在看录像的队友抽空回道。

【队长心情好就是造福大家！《诡灵》游戏他们不是情侣号吗？到时候助攻！就这么定了！】桃子出谋划策。

“把手机收起来。”Sever冷不丁回头，冷冷道，“这次赢了Grace，他们没面子，指不定又要出什么幺蛾子，大家打起精神。”

桃子吓出一身冷汗，将手机收回包里，心虚地笑道：“队长！你肯定有办法！”

此话换来Sever一阵冷笑：“办法？你以为我有什么办法，你哥我刚正不阿。”

桃子：“……”

离开C城的最后一晚，LPL邀请赛的主办方宴请参加比赛的五个战队。酒店大厅内，觥筹交错，言笑晏晏。

饭桌上，蓝天给Luck舀了勺麻婆豆腐，Luck给她夹一块糖醋排骨；蓝天给Luck掰了一大块馒头，Luck给蓝天剥了一只龙虾；蓝天给Luck倒饮料，Luck给蓝天盛饭。

其乐融融，兄友妹恭。

蓝天说：“哥哥，你太客气了。”

Luck 淡淡地说："再客气都不过分。谁知道你什么时候大义灭亲，见色忘兄呢？"

蓝天小声说道："哥，我错了。"

"不，哥哥才错了。相爱相杀二十年，这就是报应啊。"

蓝天："……"

眼看碗里的肉越堆越高，胃里仿佛吃进了一块石头，又鼓又硬，蓝天拍了拍胸口，噎着了。

这时，忽然有道视线射来。蓝天抬头，见 Sever 身姿挺拔，笑容可亲，举着酒杯来到 Grace 战队的桌旁。

结了这么大的梁子，对方还没事儿似的敬酒，Grace 战队的队员们深感在脸皮厚度上绝非Sever对手，所有人梗着脖子强行寒暄。

51 队长面子最挂不住，说道："咱们走着瞧！"然后将杯中酒水一饮而尽。

"期待下次同台献技。"Sever 笑如春日百花，朝蓝天所在方向举了举杯。

蓝天脑内轰然：Sever 竟然开始注意我了？一定是错觉！

"Earth! 欢迎你再次回归！"这时，一个西装笔挺的中年人从旁边酒桌径直走来，和 Sever 碰杯，"这次 LPL 邀请赛你表现非常惊艳，佩服！"

这个男人叫方回，《诡灵》游戏百强赛负责人，打通各种关系参加晚宴，试图结交电竞圈内大神，扩展人脉。传闻，他野心很大，梦想将《诡灵》新赛季打造成全网关注度最高的赛事。他特意朝

Grace 战队目前人气最旺的 Luck 笑了笑。Luck 不屑地撇了撇嘴。

“你叫他什么？”51 情不自禁问道。

方回竟然对着 Sever 叫出了“Earth”这个名字。不仅是 51，在场所有人仿佛被闪电击中，一时间静极了。

蓝天吃一堑长一智，拿出手机动动小手，在搜索引擎中输入“Earth”。她稍加提炼，总结出以下信息：Earth，四年前电竞圈叱咤风云的大神，拥有业内第一个三千杀荣誉，不仅是一流战队主力队员，还开天辟地地创造了一系列全新打法，让中国人第一次有机会冲击欧美游戏圈，更革新了俱乐部培养挖掘电竞选手的流程，创造了巨大经济效益。

有传闻称 Earth 在 WPC-ACE 电竞比赛档口被爆出年龄造假才被迫隐退，也有传闻称他天赋极高，遭人记恨，被暗算后手指受伤，无法再重回赛场。

无论怎样，位极巅峰却急流勇退，Earth 给世人留下了巨大遗憾。

想到四年前 Sever 应该只有 15 岁，蓝天自愧不如。

“你再说一遍。”51 在震惊中已忘了基本的礼貌，一把抓住方回的衣袖，仿佛第一次见到似的上下打量 Sever。

“当然是 Earth 大神了，你不知道吗？”方回装出一副困惑的表情。

Sever 在这次 LPL 邀请赛上让 Grace 战队颜面尽失，以队长 51 平日的做事风格，定然会伺机报复，蓄意抹黑。此时爆出 Sever

原先的马甲 Earth，让所有诋毁都变得软弱无力。毕竟在绝对实力之下，一切花花肠子都毫无生存之地。

经过几次私下接触，Sever 已答应参加《诡灵》百强赛，并对职业技能改良提出了合理建议。不少资深玩家反映《诡灵》游戏相较之前人物可玩性更强，PK 也更具挑战性。

方回对此感激涕零。

两个巅峰战队斗智斗勇，旁人轻飘飘的一句爆料就压在了 Grace 战队队员心里。

其他几支电竞队伍的队员纷纷露出恍然大悟的表情。51 像吃了苍蝇般，一脸便秘："Sever，你还真是厉害啊！"

Earth 大神不喜在公众前露面，早些年人们对电竞选手长相外貌不甚关心，网络上只流传着一些当初比赛时的照片。

15 岁的 Sever 沉默寡言，冷峻深沉，望向镜头的眼神如年轻又野心勃勃的鹰隼，藏着股孤傲，与如今气质差异极大。四年的时间即使发型装束变化，外貌还是有七八分相似。

普通电竞选手复出会沿用曾经的名字吸引粉丝，像 Sever 这般完全舍弃过去重新开始的，简直闻所未闻。

最激动的要数 AD 战队，以前他们对 Sever 这个空降队长多有不满，如今全体呐喊："队长！不够意思啊！"

整个宴会大厅犹如被浇了盆滚烫的沸水，炸了！

蓝天默默啃着块骨头，沉思自己昨晚见的到底是个什么选手。

窗外霓虹飞逝，立交桥上的车辆如流动的星海，近处的路灯在Sever白皙的面庞上不时投下一道道光影，迷离斑斓。

经过一天的比赛，AD战队的队员们有的戴着眼罩浑然入睡，有的沉默地靠在座椅上看手机，车厢内只有车轮摩擦地面的沙沙声。

莫小野踮着脚，趴在靠椅上，手里拿着辆玩具小车，静静看着远处如山岚高耸的大厦，忽然说道："哥哥，你失败了。"

Sever一愣，将放在一旁座位上的LPL职业邀请赛上获得的冠军奖杯递到莫小野眼前，笑道："这怎么说？我分明赢了。"

周末，舅舅舅妈出差，Sever边打比赛边带着表弟莫小野来省会城市两日游，充当临时监护人。

"不，我是说那个叫蓝天的小姐姐。"莫小野的眼睛在黑暗的车厢中如星星闪亮，"你没有甩掉她。"

蓝天向Sever坦白所有后，Sever便将事情的始末全部告诉了莫小野，以免Luck那斯在表弟心中留下不可磨灭的阴影。

"换作别人一看我是个小孩子就不会再理会了，可她没有，她还在咖啡厅内说以后有机会带我出去玩呢。"莫小野说道。

"是吧？"Sever回忆道。

"她说这么小就这么喜欢打游戏的孩子，一定很孤单。"莫小野说道，"她还说，我长这么可爱，不应该有这么孤单的童年。"

Sever怔住。

"所以，哥哥你不喜欢那个姐姐，但我很喜欢呀。"莫小野继续说道，“她比你认识的所有女孩子都好。”

Sever 笑了。

“你这么笑，那就是和我一样喜欢啦。”莫小野观察着 Sever 的表情，拍手道。

“还有三个小时的时间，好好睡觉。”Sever 岔开话题，“小孩子别管这些。”

莫小野：“……”

X 城的夏天，地面滚烫，阳光晃眼，一开门热浪席卷。蓝天和舍友蒋南风气喘吁吁地从宿管大妈那儿领了桶水，连拖带拽搬入宿舍。LPL 邀请赛已经结束两个星期了，她的生活回到正轨，平淡充实，没有 Sever。

蓝天没有再碰游戏，因为每次上线，都能看见苗疆蛊女人物关系旁 Sever 暗淡的头像，仿佛有一根尖锐的刺扎入心里，让她怅然若失。而新要来的联系方式虽被蓝天置顶，却从未在对话框输入一个字。她只是默默地关注着 Sever 的动态，想象着对方的生活，仿佛大家还处于同一个时空。

蓝天的第一个男朋友蓝翔是蒋南风介绍认识的，对于蓝天的失恋，蒋南风似乎格外过意不去，她自动把蓝天此时此刻的负面情绪归咎于蓝翔，逢人便如祥林嫂般述说蓝天的失恋往事，替蓝天博得了一众同情。只是时间久了，大家对这个故事产生了审美疲劳，看见她俩就忍不住躲。于是她俩整日在学校旁的商场闲荡散心，偶尔也会去博物馆转几圈，拍拍照片。

这日，平淡的生活终于起了波澜。

手机响了。蓝天将桶装水安在饮水机上，气喘吁吁地点了接通。

“蓝天，出来吃饭。”社长说道，“我特意打通关系，把莫莜倩约出来了。”

蓝天一个激灵坐正身子：“你约他做什么？”

社长喋喋不休，大意是莫莜倩极其难约，自己通过初中时的死对头秦媚儿才成功，下了血本。

“你都不知道秦媚儿跩得跟二五八万似的，和莫莜倩关系好了不起啊！不就是青梅竹马和高中同学嘛。我原先还不晓得她以前喜欢的是哪个优质男，一直没对上号。”社长捂住胸口道，“莫莜倩简直是悬在头顶的定时炸弹。他若哪天心血来潮无意间把我们的秘密说漏了嘴，动漫社百年基业就毁于一旦了！”

“青梅竹马？”蓝天惊呆了。

“传闻而已。你说的情况我想了想，实在棘手，为今之计只能把他收了！”

“怎么收？”

“和他谈恋爱啊！”

蓝天面色难看，将手机从左耳换到右耳，苦涩道：“社长，你也太异想天开了。你不是天天鼓吹自己纵横ACG(动画、漫画、游戏)三界吗？知道 Earth 吗？知道 Sever 吗？我告诉你个惊天秘密，他们都是莫莜倩的隐藏马甲！”

长久的沉默后，电话断了。蓝天正纳闷时，门被撞开了。

社长带着被烈日晒过的焦煳味，激动万分地握住蓝天的手：“你这瓜保真吧？！ Earth 可是我的一代男神啊！”

蓝天一时之间百感交集。

看来以前没和哥哥 Luck 一起痴迷电竞，错过了很多美好回忆啊！若那时能多了解这个领域，是否现在也能和很多人一样，无比向往地高呼一声：“Earth！我的男神！”

“这个饭局就这么定了！”社长喊道。

蓝天：“……”

下午午休，窗帘紧闭。躺在宿舍的床上，蓝天从梦中醒来，有些分不清今夕何夕，寂静中回荡着舍友们浅浅的呼吸声。她望着黑洞洞的天花板，下意识看了眼手机，四点半了，要梳洗干净去见 Sever 了。

他居然还有个青梅竹马？想到这里，蓝天的心有丝闷痛。

Sever 会喜欢怎样的女孩子？

凉风习习，霓虹初上。

X 大小吃街上的铁板烧经济实惠，人气极旺，店外有十几张露天小桌，学生们吆喝着点单聊天，热闹祥和。

社长特意走进店内，挑选了一个大包间。包间里有空调、圆桌，靠窗位置摆放着一台麻将机。她坐定后，目光在菜单上快速扫视。

蓝天噘嘴道："Sever 那么厉害，还有青梅竹马，肯定看不上我。社长你这个主意比让我扮成流量男 Coser 还不靠谱。"

"没事，没事，权当追星。"社长摆了摆手，埋头兴奋地勾选菜品。

"Sever 说不定根本没把这事儿放心上！"

"对啊，Earth 怎么会是卑鄙小人呢！"社长满眼憧憬，随后撇撇嘴道，"难以置信秦媚儿居然追过我男神！她不配！"

蓝天："……"

蓝天和社长正聊得火热，一个穿着性感长裙，身材火辣的姑娘推门而入。烈火红唇，娇艳欲滴，整个人的气质和学生这个身份格格不入。她目空一切地将一只 LV 包放在饭桌上，跷起二郎腿，挺起胸部。

蓝天偷瞄了眼自己的胸，颇为自卑，心道：这就是 Sever 的青梅竹马？果然非比寻常，很超前。

社长站起来迎上去："哟！这妆化得显老。"

姑娘妩媚一笑："动漫社在你手里毁了还是怎么了？舍得找我给你撑场面？"

社长招呼蓝天："来，跟秦媚儿学姐学学，人往高处走，见到好的就扑，不就是被拒绝个百八十次嘛！咱不怕！你要好好勾搭下莫莜倩，继承秦媚儿学姐的遗志啊！"

室内气氛急转直下，剑拔弩张。

你俩上学时是结下了深仇吧？有这么说话的？不怕被打吗？

蓝天如履薄冰，小声道：“学姐好。”

秦媚儿以手支头，手上的鸽子蛋耀目生辉，冷艳一笑：“不必。”

“哟，莫莜倩这块骨头你咬不动终于肯松口了？换其他人了？”社长本就有些咄咄逼人，如今被激发出斗鸡属性，甚是可怕。

蓝天打哈哈，找了个借口拿着空茶壶晃出包厢，未走几步，走廊上闪出一道熟悉又陌生的身影。

此时此刻的感受可以用“出门没看黄历”来形容——居然偶遇前男友蓝翔！

蓝天经历高考摧残进入大一后，青春期精神病甚为严重，坚信要在大学拥有一段惊天地泣鬼神的爱情，山盟海誓对酒当歌。蒋南风喊了几个小姐妹，拉着蓝天尝试人生的第一次通宵K歌，席间偶识蓝翔。

蓝天一眼就被这男生身上深沉而略带忧郁的气质吸引，毫不掩饰地表达喜欢。蓝翔态度暧昧，不拒绝不接受，蒋南风也积极撮合。蓝天勇敢追爱，今日织条围巾，明日做一顿爱情便当。男孩子犹豫半月后，主动牵手，还带她看电影，二人心照不宣。

可卿卿我我三个月后，蓝翔竟然莫名翻脸了，说道：“我没有和你承诺什么，都是你主动的，大家只是普通朋友罢了。”

蓝天一脸蒙：“约人的是我，送礼物的是我，可牵手拥抱接吻也是我逼你的？”

而蓝翔冷冷地说：“你那样男人都把持不住。”

得，还真是被逼无奈。

舍友蒋南风总结：这爱情甚是凄美，交往了三个月，还没个名分。

世人常说：情不知所起，一往而深。但情之所终，却非要刨根问底。蓝天失恋的这半年经常扪心自问是否不配被爱，一场恋爱居然混得连个前女友的名分都没有。

她参加动漫社，寻找有烟火气的人间，尝试打游戏，体会哥哥Luck的快乐，可依旧寻不见答案。如今，豁然开朗。

蓝翔穿着件黑色外套站在拐角处，发质很硬，根根竖起，虽称不上绝色，但在男生中也算是较好的样貌。当初蓝天也是被这张脸迷惑。他也看到了蓝天，在经历了短时间的错愕后，他若无其事地从蓝天身旁经过，进了包间。

秦媚儿招摇地挽住蓝翔的胳膊，将其拉到身旁，炫耀道："我们交往两年了，感情非常和睦。"

"但也会小打小闹吧？"蓝天问道。

"对啊。"秦媚儿朝蓝天挤挤眼，娇滴滴道，"那时候我和他闹别扭，他跪在雪地发誓今生今世只爱我一个，只要和他复合，他愿意做任何事。小妹妹，以后可要找个这样对你好的男人。"

"你们是不是去年分手过三四个月？"蓝天突然福至心灵。

秦媚儿哑然："你怎么知道？"

蓝天又问："你确定和他分手时，他一直单身？"

蓝翔的脸瞬间黑了。

“那是自然。”秦媚儿不悦，看蓝天的眼神越发诡异，“他同学朋友都知道，他从未承认过除我以外的任何女孩。”

蓝天恍然大悟。怪不得蓝翔和她谈到一半就说没感觉，还找了一大堆理由，原来是苦苦哀求的前女友回头了。

和前女朋友分手，无缝衔接另一个女孩，前女友回头，无情甩掉现女友。极品渣男操作啊！可渣男也是人，更喜欢在众人面前维护好男人形象，于是蓝天就成了这段“完美爱情”的牺牲品。

蓝天简直要被气笑了。

秦媚儿发觉她神色不对，问道：“怎么，你们认识？”

“不认识。”蓝天立刻否认了，倒不是想替渣男打掩护，而是实在不想再恶心自己，她对秦媚儿说，“不过，我可不找这样的对象，我要找就找莫莜倩那种万年单身狗，任何女人都追不上，供起来安全。”

店家生意火爆，社长溜到外面催菜，回房间后见秦媚儿面色难看，气氛剑拔弩张，低声问道：“你刚才掏刀了？”

“掏刀的是他们。”蓝天冷冷地说。

社长：“……”

这时，秦媚儿的目光忽然越过蓝天，看向她身后。

蓝天心头莫名一震。Sever 和社长几乎前后脚迈进房间，他穿着件白色 T 恤，周身沾染着白日的阳光气息，眉眼温润带笑，好似从古风画卷中走出来的美男子。

那一刻，蓝天十分想咬舌自尽。

Sever 淡定地坐在蓝天身侧：“不好意思，来晚了。”

“不晚，不晚。”社长笑容极夸张，对 Sever 的态度 180 度大转变，大手一挥，“上菜。”

夏日天气变幻莫测，方才夜风徐徐，顷刻瓢泼大雨。豆大的雨滴哗啦啦打在房顶上，嘈杂声一片。失恋最困扰人的往往不是失恋本身，而是对自身价值的否定。蓝天冥思苦想大半年的感情谜团得以化解，神清气爽。

Sever 望着如注的暴雨，微笑着说：“这雨一时半会儿不会停，不如吃完饭来局麻将吧。”

社长过年陪老人练过几手，于是欣然应邀：“不玩大的就成。”

“不了，一会儿我去旁边超市买把雨伞。”蓝翔拒绝，放下筷子，极力缩短与蓝天共处一室的时间。

精明的 Sever 一眼看穿其中的隔阂，笑眼盈盈：“秦媚儿，给我们介绍一下呀！”

“嗯，我现在的男朋友。”秦媚儿笑得温婉动人。她追了莫莜倩很多年，从陌生人到哥们，始终未得手，如今是急了。

秦媚儿和蓝翔的恋情一直遮遮掩掩，只有蓝翔的朋友以及舍友知道蓝翔有个女朋友。而秦媚儿却从不在公开场合承认，朋友圈更找不出一点恋爱的痕迹。她如今将蓝翔公开，也是想刺激一下 Sever，就想看看 Sever 到底在不在乎自己，想要欲擒故纵。

蓝翔在秦媚儿的注视下，跟在座的一圈人都打了声招呼。

“蓝翔，你好。”蓝天埋头咬了一大块茄子，嘟哝着敷衍地附和。

“别人还没自我介绍，你怎么就知道别人的名字了？”Sever来了兴致，歪着头，一副看热闹的神色。

见Sever逗她，蓝天欲辩白“他怎么没说，我比你来得早多了”，她并非是个爱惹是非的女孩子，心中执念放下后，只愿往事如烟。当初若非自己一厢情愿，又怎会被人利用？爱情本就一个愿打一个愿挨，过去的事情，就当自己瞎了吧。

然而，她愿往事随风，某些人却突然此地无银三百两。

蓝翔忽然劈头盖脸地骂蓝天：“你神经病吧？能不能不要出门？有病去看病！少缠着我行不行？”

蓝天望着面目狰狞的蓝翔，惊呆了，这人居然还倒打一耙？于是蓝天索性破罐破摔了，平静地对众人说了实话：“哦，我前男友。”

秦媚儿和社长同时惊掉了下巴。

“谁是你前男友？我警告过你不要纠缠我！”

“这样对一个女孩，不太好吧？”Sever的脸色霎时冷了。

一股巨大的委屈在肺腑翻涌，之前蓝天并非没被蓝翔劈头盖脸地骂过栽赃过，可都忍过去了。

她五岁时收到过一个梦幻水晶球，球体内宏伟城堡中的公主漫步歌唱，旋转跳舞。王子温柔地牵住公主的手，漫天大雪将他们的身影覆盖。蓝天一遍遍地在心里勾画他们的结局——相守百年，快乐幸福。

这童话她一直铭记在心，用心呵护。可长大后，她没能成为童话里的公主，爱情也如泥沼地狱，并不美好。

心态再好的女孩子被打压都会自我怀疑，何况是蓝天这种心思单纯的人。她常告诫自己忍住不哭，却在 Sever 的一句话里丢盔弃甲。她放下筷子，眼泪一滴一滴地掉在碗里。

“你装什么装？要不要这么心机？你还有脸哭？”蓝翔的脸挂不住，在桌子下抓住秦媚儿的手。

“妹妹，追人不是这么追的。”秦媚儿紧张得嗓音都变了，“就算你喜欢蓝翔……”

蓝天听了这话，号啕大哭。

由于动静太大，连饭店老板都被吸引来了，胆战心惊地从门缝往里窥视。

Sever 拿过桌上的纸巾，一把一把地递到蓝天手里，最后叹了口气，温柔地托起她的脸，帮她擦。

长期积累的委屈让蓝天哭到打嗝，她想止住眼泪，可收效甚微。一不小心，鼻涕喷了出来，糊了小半张脸。热气蹿起，蓝天面色通红，整个身体都泛着粉红。

Sever 温柔地笑了，轻轻地擦了下她的鼻子。

“脏啊……”蓝天抽泣道，不停打着嗝。

“想哭就哭。”Sever 慢慢抚摸蓝天的背部，安抚道。

窗外大雨如瓢泼一般，哗啦啦打在屋檐上，发出巨大声响。

Sever 依旧笑着，可眼光却是冰冷的：“大家消消气，女孩子心思细，男人多体谅。”

“这事怎么能完？”社长直接爆了，一双筷子舞得像刀，指着蓝翔的鼻子，“你骂谁神经病？骂谁呢？你给我把话一五一十地说清楚！”

“感情这事怎么说得清，至多各打五十大板，谁也占不了便宜。”Sever 冷笑，“我吃了好大亏，被蓝天拒绝好多次，不还是得宠着她。”

蓝天的哭声立马止住，惊恐地望着 Sever。

秦媚儿更是皱起眉头，以为幻听了。

社长的反应特别滑稽，手一抖，差点将筷子戳进蓝翔的鼻孔里。

Sever 见状，慢条斯理地夹起块小炒牛肉，放进蓝天的盘子里；见蓝天看向橙汁，他站起身给她倒饮料；蓝天剥了只虾，Sever 在旁递纸巾……几番下来，Sever 犹如拥有读心术，将蓝天照顾得无微不至。蓝天整个人陷入一种迷茫的呆滞状态，张了张嘴，吞进 Sever 投喂来的一块藕夹。

“嚼嚼再咽，慢点吃。”Sever 笑靥如花。

蓝天在他漆黑清澈的眸子里，望见了自己的倒影。

啊啊啊！太撩了！快流鼻血了！

秦媚儿愤恨地将筷子摔在桌子上。她原以为 Sever 不会照顾女孩子，在感情上稍显迟钝，需要自己点拨一下。原来，一切只是她自作多情。

蓝翔的脸整个耷拉下来：这叫什么？暗戳戳地秀恩爱还指责我

没女人气量大？他没好气地说："再怎么说我也有女朋友了，脚踏两条船的事做不出来！请自重！"

"是啊！你是绝世好男人！"蓝天险些气晕。

"天天，接受我好不好？我会一辈子爱你，照顾你。你说，我哪点比不上人家的男朋友，我一定改！"Sever深情地抓住蓝天的手。

蓝天望着Sever绝美的面容，忽然不再争什么孰是孰非，若能和王子在一起，谁还会记得内心丑陋的男巫呢？

秦媚儿："……"

蓝翔的手机响了，是坐旁边的社长发来的消息：【咱们买把伞回去吧，我狗粮都吃饱了。】

雨落倾城，打芭蕉，残红随水浮动。

蓝天头上被撑起片宁静天地，心底暖暖的，抬头看着Sever俊美侧颜，有无数感动想要表达，可话到嘴边却生硬起来："你这样不怕被传出去……影响不好？"

毕竟莫莜倩这个名字在X大相当出名，他是不少女孩子的男神。

Sever扯动嘴角，上前凑到蓝天耳畔轻声道："和男生都传过绯闻了，这又算得了什么？"

"你真是个好人！"蓝天瞬间老实。

Sever挑了挑眉，他居然被发了好人卡？他眉眼弯弯："你这是报复我？"

蓝天一愣，没反应过来。

“表白被拒绝，女孩子不都最爱说这句？”Sever 懒洋洋地问道。

蓝天的嘴唇嗫嚅了几下，想说点什么，可似乎说什么都不合适。一旦沉默的时间太久，话语也变得多余。他们在雨水漫天的世界中对视，心照不宣。

“说你笨，你还真是很笨。”最后，Sever 哼笑一声。

蓝天：“……”

拐过台阶，暮雨屋檐，转眼到了宿舍门口，蓝天终于获救似的寻到一个话题：“对了，如果上次 LPL 比赛我没有向 Grace 战队的 51 队长坦白，你下一步会怎么做呢？”

“那次啊，在你发给我《诡灵》游戏的宣传画时，我就放弃反击了。”Sever 说道，“和 Grace 战队算账的机会很多，没必要太刻意，只是你恰巧给了机会。”

说白了她还是自己挖坑把自己埋了。

蓝天扶额。

宿舍大门正对着 X 大情人坡，天气晴好时总有很多情侣趴在草地上说笑嬉闹。此刻大雨给草尖上镀了层微光，好似星河闪烁。

蓝天有一瞬的出神，忽听 Sever 说道：“以后不会再那样了。”

蓝天心中一动。

笑容在夜雨中如朵一瞬寂灭的昙花，Sever 低下头，注视蓝天，重复道：“以后不会再那样了。”

此刻，黑白混淆，大雨撕裂了天空。两人躲在伞内，不由自主地挨得更加近了。夏季单薄的衣衫被雨水打湿，贴在了身上，蓝天的那件白色衣裙下已曲线毕现，她不禁打了个哆嗦。

Sever 见状，将雨伞朝她那边倾斜了许多。

这样，Sever 的整个上半身被雨水打湿，蓝天如一只小鸟趴在他的胸前，借着路边昏暗的灯光，可以看见对方结实而精致的胸肌轮廓。

肌肤隔着薄薄的布料贴在一处。这是真实的帅哥啊！蓝天花痴属性被激活，瞬间飙了鼻血。

Sever 将伞朝蓝天那边偏移，自己却离远了许多："走快点，别感冒了。"

外面风大雨大，可真希望时间就此停住啊。凉凉夜色里，心中的某处柔软被击中。蓝天脑海中产生了一个模糊的疑问：喜欢到底是什么感觉呢？大概是这辈子想永远和他在一起吧。

她拉住 Sever 的袖子忽然问道："我们现在是朋友了吗？"

不能被你喜欢，可成为朋友，永远待在身边，就很满足。

Sever 垂眼："是吧。"

蓝天笑了。今晚，她和 Sever 似乎真的熟了起来。

"天啊！你什么时候和莫莜倩在一起了？这么大的事居然不告诉我！"回到宿舍，蓝天刚洗完澡，就收到社长的夺命连环 Call。

社长激动得拔高声音，语无伦次："是Sever！居然是Sever！你太厉害了！秦媚儿那个渣渣！"

蓝天慌忙将事情的前因后果解释了一通。

电话那端沉默，只听到一阵笔杆敲击桌面的"嗒嗒"声，接着，社长一字一顿地道："追他！可以的！"

这回轮到蓝天沉默了。过了一会儿，她无奈地再次解释："Sever并没有追我，只是帮我解围，都是误会。"

传闻中，Sever不是拒绝了秦媚儿，而是拒绝了所有的女孩子。外国语学院的女孩子经常哀号Sever像言情剧中的腹黑恶毒女二号，只会喜欢男主角。

而在蓝天眼中，Sever各方面都优于绝大部分男生，没有女朋友是因为太清楚自己要什么。就像当初他决然放弃在学生会的大好前程，将全部精力投入电竞领域一样。

这种清醒的男生，若非一见钟情，很难日久生情。

"怕什么，不试怎么知道？"社长满不在乎，"我觉得Sever对你有意思。"

"不要乱说。"

"外国语学院那么多姑娘，也没见着莫筱倩去英雄救美。"社长一脸看穿世事的通透，"听听那些人怎么腹诽Sever的——性取向晦暗不明！这还不明显嘛！"

有些单身狗没有男朋友，分析起感情来却头头是道。

蓝天听得愣住，直呼社长思考问题角度不一般。

“可还是不行！”蓝天为难道，“我表白过，已经被拒绝了。”

“啥时候？”社长一愣，抓狂，“你究竟背着我干了多少事？”

“也没多少。”蓝天讪讪道，把那日事件的前因后果说了一遍。

社长越发愤然：“你那是表白吗？你那是去吵架吧？！”

蓝天理亏，将手机从耳旁稍微拿开了点，忽然看见微信闪过一则消息，竟然来自蓝翔。

自打他俩分手后，二人便成了陌生人，互不打扰。她好奇地点开，页面跳出蓝翔发来的几十条消息。

蓝翔：【蓝天，你个扫把星，今天很风光是不是？告诉你，就你那个样子，等莫莜倩了解你以后，肯定和你掰！】

蓝翔：【笑到最后才是笑。我赌这辈子都没人喜欢你。你不就是看别人长得好看，使劲往上凑？无耻！】

蓝翔：【你懂什么，一天到晚幼稚得要命，装天真？装可爱？！就你那不时忧郁不时发疯的性格，谁摊上你谁倒霉！千万伪装好了！等你哪天暴露了，你哪天就会被甩！这辈子都没有人真正地喜欢你！】

……

似乎是因为情绪过于激动，蓝翔发来的短信多半是诅咒，语句缺乏逻辑。

蓝天看不下去了，回道：【和你有什么关系？】

蓝翔：【我赌你这辈子遇不上真爱！】

蓝天火气上来，正欲回骂，却发现消息再也发不出去——她被拉黑了。她气不过，切换软件登录 QQ，可 QQ 竟然也被拉黑。

最后，蓝天跑到支付宝，给蓝翔转了一块钱，以牙还牙附上诅咒：【反正你现在处的也不是真爱！】

半分钟后，连支付宝也被拉黑了。

蓝天呆滞地望着手机，猛然意识到这才是真正的离别。以往不管是仇恨还是无视，对方的联系方式还在，而如今是真正的互相消失在人海。

她抬起头，问跷着二郎腿的蒋南风："你有蓝翔的联系方式吗？"

蒋南风正平躺在床上刷综艺，哈哈大笑道："你就当他死了呗！"

对啊，是死了，只是这个死去的人，在她的心里种下了一根刺。只要想起不被爱，不被选择的自己，都会心痛。

蓝翔的所作所为只是分手而已，可他还摧毁了蓝天。

幼年时放在书桌旁的水晶球，轻轻一拧发条，瑰丽的城堡外下起鹅毛大雪，公主和王子在白色的梦幻场景中相顾而笑。蓝天已经很久不再相信童话，却固执地用童话中的城堡作为手机屏保。

如今巍峨耸立天边的金色建筑，在风雪中熠熠闪光。

社长见蓝天不回答，以为信号不好，早挂了电话。

像是抓住最后的救命稻草，蓝天许久后回复短信：【好，我试试。】

虽然希望渺茫，可我依旧想相信童话。

清晨，一个水蛇腰女子，穿着火红裙子，周身浸染着夜雨的水汽，抱胸坐在男生宿舍楼的公共长椅上，脸上犹带残妆。正是秦媚儿。

X 大外国语学院的学生都有晨读的习惯。在缺少语言环境的中国学好一门外语，既聪明又笨的方法便是读书。虽然经常旷课进行电竞训练，但作为外国语学院的顶级学神，Sever 周一至周五作息时间极其规律。

天刚蒙蒙亮，Sever 就拿着书本出了门，准备去长明湖畔。那里是早读圣地，聚集了大批文学院和外国语学院的学生。

不料秦媚儿堵在了宿舍门口，Sever 停顿了两秒，与其擦肩而过。

“莫莜倩！”秦媚儿一把抓住 Sever 的手腕。

Sever 平时工作学习时间排得满满当当，想找他单独聊天，只能利用这个时段。

Sever 转头，目光渐渐冷了：“我很忙。”

他的长相、家境、智商、身高各个方面都很优秀。眼前的人越完美，秦媚儿便越不甘心。她嗓子嘶哑，带着宿醉的味道：“我们真没可能了吗？”

Sever 笑靥如花，说出来的话却字字诛心：“那就是你找的男朋友？品位蛮差。”

“我会分手的。”秦媚儿举手发誓。

“你分不分手和我有什么关系？”Sever冷漠地问。

“在这个学校里，我们两个才是最亲密的啊。你妈妈也让我多照顾你啊。”秦媚儿急切道。

Sever静静注视着秦媚儿，她曾经乌黑的头发被烫成大波浪，清澈的眸子沾染着世俗的欲望，再也回不去了。他有些倦了，说道：“当初我选择帮助你没有求回报，如今你这样，不是我的初衷。”

“我真的很想报答你，你对我做的一切我都很感激……”秦媚儿郁积在内心的感情即将喷涌而出，但Sever的手机响了。

Sever朝她比了个停止的手势，接起电话。

“如果你和Luck组队参加《诡灵》百强赛，一定是个Big News（大新闻）。”电话一接通，方回激动地表达了自己的看法。

《诡灵》论剑场需要二人组队，主办方正研究待选电竞选手名单。

“Big trouble（大麻烦）。”Sever更正。

“别这么说嘛。”方回笑道。他希望二人合作有很深的考量：第一，《诡灵》这款游戏的定位是古风仙侠巨制。女玩家占很大比例，邀请外表帅气的二人组队，不失是个好的噱头。第二，《诡灵》游戏的定位一直是网游，如今电竞行业蓬勃发展，人人都想分一杯羹。若要彻底刷新人们对其陈腐的看法，必须制造大新闻，让传闻中素来不睦的Luck和Sever组队，能吸引大批流量。

“首要难题是你没法说服 Luck。” Sever 嘲笑。方回算盘打得啪啪响，却无视了 Luck 的主观想法。Luck 平日与 Sever 水火不容，大抵是不愿的。

“你不是已经和他组队了吗？”方回好奇地问，“还进了百强赛。”

竟然有这么多人以为 Luck 穿着游戏小白蓝天的马甲和他打配合。

Sever 想起了上次和 Luck 一起在咖啡厅撞见的几位美女主播，笑道：“你还真是人脉广八卦多。”

“好，我们积极争取下 Luck！钱不是问题。”方回踌躇满志，仿佛已直达《诡灵》百强赛最后的颁奖典礼现场。

蓝天的身影在脑海一闪而逝，Sever 笑弯了腰：“我等着看你的手段。”

等 Sever 放下电话，秦媚儿才满怀希冀凑上来。刚上大学时，Sever 明确表示自己要专注学习不恋爱，秦媚儿适才知难而退。如今 Sever 与蓝天举止亲密，她才幡然醒悟，不知何时，这个人已离开她的世界，渐行渐远。

“秦媚儿，你不用太执着于我。”Sever 的目光对上秦媚儿，“你大可追求自己的幸福。”

“我喜欢的一直是你啊。”秦媚儿再次喊道。

Sever 果断地拒绝：“我不喜欢女孩子。”

难道外国语学院盛传的 Sever 性取向晦暗不明竟然不是捕风捉

影？！秦媚儿惊疑不定：“可蓝天也是女孩子啊。”

“我就喜欢那样的女孩子。”Sever 懒洋洋道。

这么多年走不进他的内心，也得不到他，处心积虑的付出毫无回报，一股刻骨的恨意自她心中升起，久久无法消弭。

秦媚儿声如啼血：“莫莜倩，你不必为了气我而……她哪里比得上我？”

Sever 调皮地笑了一下：“比你更笨得可爱。”

秦媚儿：“……”

Chapter 4

/ 你的世界，我的梦想 /

我走遍人间，只爱你的繁华三千。

雪竹苍松，莽林荒原。进入游戏，场景画面如水墨缓缓铺陈。蓝天操纵着人物苗疆蛊女，奔驰在空旷的雪原之上。她在《诡灵》论坛上研究了好几天攻略，记了满满几页纸的笔记，一看见 Sever 上线就点了“PK”。

【你确定？】Sever 被逗笑。他一边听着英文国际新闻频道，一边将人物少年剑客脱得只剩裤衩，手持龙吟碧血剑，一跃而上。

蓝天一股脑将技能用法背熟，摩拳擦掌，蠢蠢欲动。她的人物是苗疆蛊女，主用毒，武器银针，群攻型 DPS，杀伤范围大，追在 Sever 身后，却不知怎的自己掉了大半血量。

Sever 的少年剑客如翻飞雪燕，放风筝般离她不远不近。

她涨红着脸打字：【你能把衣服穿上吗？】

Sever 穿好装备，一刀秒了蓝天：【这样？】

蓝天：【……】

原想给 Sever 一个惊喜，结局却不尽如人意。蓝天瞅着屏幕上的扑街妹子，一阵牙疼：出师未捷身先死。在游戏方面，蓝天与Sever的差距仿佛隔着条银河，难以望其项背。

然而Sever对蓝天的评价却大相径庭：【进步神速。】

《诡灵》结婚系统制作非常用心，不仅可以养娃，还附赠小型别墅一套。

Sever与蓝天PK完，钻进婚房，指着二人的共同财产，打字道：【这个碎片给我。】

《诡灵》这款游戏可以拥有很多不同角色，除了刚开始选择的人物，还可以通过收集碎片获得人物角色。Sever收集不同角色是为了熟悉了解其他角色的招式套路以及打法。

蓝天将碎片放入交易框，鼓起勇气说："徒弟弟，收了这个碎片，能教我打游戏吗？"

Sever寻了处开阔雪地，玩笑道：【教你可以，但你要捡垃圾养我啊。】

游戏《诡灵》中，在地图里收集物品和人物碎片会被众玩家调侃为"捡垃圾"。用碎片养个大神徒弟，真心不亏。蓝天爽快答应。

【LG+100。】

LG是什么？蓝天迅速打开搜索引擎，输入"LG"两个字母，整张脸犹如大红桃，娇艳欲滴。

天！Sever怎么这么开放？蓝天羞红了脸：【真的要这样吗？】

Sever说道：【当然，一个都不能少。】

要喊一百遍"老公"，还一个都不能少！

做了艰难的抉择后，蓝天在聊天框中刷屏：【老公老公老公老公老公……】

Sever：【……】

AD战队的队员们近些天玩《诡灵》上了瘾，见Sever在线上，组队飞了好几个地图，前来打招呼，一降落便见蓝天在附近的聊天框内，刷了满屏的“老公”。

前天AD战队和Grace战队打友谊赛，Luck推塔被Sever连杀了三次，下场口吐芬芳，眼见得关系越发恶劣。

如今这满屏的老公是什么状况？

见面互杀，线上秀恩爱？一定是AD战队和Grace的血海深仇造就了这一对绝望的罗密欧与朱丽叶！比起前面暗戳戳的结婚定情，这一声声老公直白而奔放。众人脑补Luck撒娇的样子，深感自己见识短浅。

Sever被喊老公后，气氛一时十分凝重，过了好一会儿，他才道：【抱歉，弄错了，LG是指垃圾……】

卑微！叫了那么多声老公，换来声垃圾！众人心中一阵山崩海啸地动山摇，即使平时讨厌Luck，此刻也不由得升起一丝同情。

【老大，你也太残忍了。其实我觉得那样很好，根本不存在什么弄错。】桃子首先鸣不平。

自从AD战队队员得知Earth大神是Sever的隐藏马甲后，纷纷表示以后只能喊队长或者老大，不可直呼其名。

垃圾的拼音首字母缩写是“LJ”，并非“LG”。蓝天将脑袋在电脑桌前连磕了三下，整张脸都羞红了。这错得也太离谱了，Sever 怎么看都像故意的，故意让她喊老公。

【Garbage(垃圾)】Sever 迫于形势终于解释了一句。精通几国语言的人，说话时免不了串台，英文掺杂中文，中文掺杂法语。蓝天瞬间明白了学神的脑回路——原来 Sever 把“垃圾”的汉语拼音和英文单词“garbage”的首字母合在了一起，换句话说，就是拼错了。

原来学神也会犯迷糊啊，蓝天忽然发现 Sever 居然还有软萌可爱的一面。

【误会。】Sever 极尴尬，虽然依旧措辞简短，但已给蓝天发了好几份珍贵药材道具，以示道歉。

【老大，你想什么呢？我们都懂都懂。】桃子却不买账，发了一堆贱笑的表情包。

AD 战队的其他队员更是陷入了一种老大腹黑、老大最牛、老大想泡谁谁都跑不了的谜之自信里。

他们向 Sever 发送了一堆入队申请后，在地图上找到蓝天所在的位置，一窝蜂围过去，心中直叹：看！这一身混搭完全发挥不出任何套装增益效果。看！这武器打孔简直暴殄天物！看！这天赋地图点得可以直接退出江湖！平庸的优秀不打眼，打眼的是烂得别具一格，不愧是 Grace 战队的 Luck 大神！

【这样的装备都能进《诡灵》新赛季百强！厉害！】AD 战队队员各种商业吹捧，朝蓝天发了一堆好友申请。

【是 Sever 很厉害。】蓝天在队聊里一边纠正他们的错误，一边通过了一堆好友申请。

AD 战队的队员们震惊：好友申请只是敷衍的客套，没想到竟然通过了。

什么情况?

长达数年的冷战即将进入融冰之旅？ Luck 平日对 Sever 口吐芬芳，如今竟然承认他厉害？ Luck 平日对 AD 战队队员不理不睬，如今竟然回了信息？！

这是神迹！在进行了一番批判与自我批判后，众人热泪盈眶，决定与 Luck 冰释前嫌。毕竟，这可是队长认定的男人！

【嫂子！】AD 战队最没心眼的桃子直接在公屏上打字，顺带发了一堆表情包。

【不要乱喊。】Sever 连忙制止。

队员们立马一副你懂我懂大家都懂的默契。

人间有真爱，大爱无边！ AD 战队的队员们脸上洋溢着胜利的喜悦。红旗招展，锣鼓喧天，祝福问候此起彼伏，在屏幕上经久不衰。

蓝天脸红，一一接受，总觉得哪里有一丝不对。

她绞尽脑汁地岔开话题：【Sever，我们还继续打论剑吗？】

Sever 也不想留在此地被人起哄八卦，兴致盎然地私聊道：【你问问 Luck 愿不愿意披着你的账号和我打。】

方回提出这个设想后，Sever 也很好奇如果自己和 Luck 组队，会不会所向披靡。

周末蓝天和Luck都放假在家，她靠在办公椅上，将卧室房门开条缝，对着客厅大喊："哥，你愿意和Sever组队打比赛吗？"

Luck坐在客厅的地毯上，拿着电子手柄，聚精会神地盯着电视机："除非我死了。"

"难道你不想报一箭之仇吗？"蓝天继续喊。

"什么意思？"Luck终于停下手上的动作。

"Sever正在打《诡灵》百强赛。"

Luck站起身，走到蓝天的卧室里，一把将蓝天从椅子上捞起来，说道："行，来一盘，我让那小子死都不知道自己怎么死的。"

蓝天忙在聊天框打字：【我哥同意了。】

【OK，我排队。】Sever回道。

AD战队队员失去了盘问Sever和蓝天的机会，纷纷挤进论剑场的房间，观看比赛。

一阵长剑出鞘声后，场景变幻。

蓝天的苗疆蛊女是双功法职业，Luck一上场就切换出奶妈装。对手是两个少林派小和尚，追在Sever身后乱砍。Luck不但不帮着加血还将道具钩子拿出来，眼见着Sever快逃出对手的攻击范围，便释放钩子将其抓回原地。

时机和位置卡得十分精准，几轮下来Sever扑街。

Sever：【……】

两个和尚欣喜，从来没见过这么给力的对手。他们调转白刃，旋即砍杀Luck。Luck双手离开键盘，兴奋地看着苗疆蛊女的血条空掉。

论剑结束，段位掉了一级。AD 战队队员都很愤慨。

桃子最没心眼，直接在队聊中打字：【猪队友。】

Luck 大怒，点击桃子 PK，将其砍了三遍：【你这种没实力的人才是猪队友。】

睚眦必报简直是 Luck 的人格标配。少数对蓝天这个 ID 是 Luck 存疑的队员不再怀疑，同情地给桃子发了一堆安慰的表情。

桃子讨饶：【我错了，是神一般的对手。】

Luck：【……】

Sever 退出游戏给方回发短信：【一加一并不等于二，还可能等于零。】

方回窘。

X 大除了专业课在本学院教学楼开设之外，公共课程全校混选。动漫社汇集了日语爱好者、美妆达人、模型小能手等复合型人才。当初为了给《大唐长风》设计古风服装和头饰，蓝天和社里几个女孩一同报了服装设计课。

“昨天和前天我都在练习。”蓝天苦恼道，“只是走位好难，还要请教下 Sever。”

蓝天倒追 Sever 的计划中最重要的一个环节是培养相同爱好。

“这就是你追男生的方法？”社长恨铁不成钢。

小组讨论时，蓝天拿起一支金步摇，串珠定型。老教授正给全班展示一件用垃圾袋做的裙子，男生辩解自己创意独步天下，遭遇群嘲后硬生生地将裙子穿上，妩媚一笑。

学生们拍桌狂笑，气氛轻松热闹。

社长接过蓝天递来的珠串，将凤冠拼接整合，压低声音说："要是谁游戏打得好，谁和莫莜倩在一起，那你哥哥 Luck 更合适。"

"表面上……他们确实是一对。"蓝天曾在网上同时输入 Sever 和 Luck，发现连结婚照都有。网友恶搞能力世所罕见。

社长喊道："Chemistry（化学反应）！ Chemistry！懂？你隔着屏幕怎么能展示自己的女性魅力呢？两性要发生化学反应才好。要线下约！多约！多了解！"

"我想不出理由。"蓝天轻咬薄唇。

"这是动漫社与外国语学院合作的策划书，交给莫莜倩。"社长眯了眯眼，从书包里掏出一沓纸，狡黠道，"我拿到了他们专业的课表，你卡在上课铃响前一分钟交给他，借口出教室对老师不礼貌，在莫莜倩身边坐坐，培养感情，晚上再单独一起约个饭。"

"可这份策划书不是该给外国语学院文艺部部长吗？"蓝天好奇地问道。

"你就说你不认识人，让他帮忙转交。"

"社长，你这么懂为什么会没男朋友啊？"蓝天叹服。

"没有？那是老娘看不上！"社长嘚瑟，一整套与蓝天预想的截然不同的追男神计划上线了。

中午，蓝天和社长一同在清真食堂点了份大盘鸡，和 Sever 发短信约好时间见面后，便早早回宿舍睡觉。她养足了精神，特意挑了条裙子，顺便化了个淡妆。

只是万万没想到，下午在班级门口蹲守 Sever，反倒撞上了迎新晚会帮她找人的陈月儿。

“你是……”刚睡饱午觉，陈月儿双眼迷蒙。

炎夏热浪席卷，芭蕉叶在烈日下沁出油光。蓝天穿着件碧色连衣裙，衬得脖颈修长，优雅可爱。这张脸与《大唐飞歌》上的男版蓝天有七分相似。

蓝天强装冷漠，径直走进教室，目光在教室里扫荡一圈后，成功锁定在靠窗的位置上。Sever 被阳光笼罩，周身镀着层柔柔金光，睫毛纤长，后背笔直如竹。

十几道视线射来，蓝天双脚虚浮，对 Sever 说道：“给你。”

Sever 抬头，嘴角挂着笑意。蓝天顿时感觉自己的意图被看穿，如芒在背。

“我想起来了！你就是……”陈月儿见蓝天靠近 Sever，一拍脑门，但马上又眉头紧锁，“不对啊。”

若社长知道蓝天这一出弄巧成拙，让动漫社的造星计划毁于一旦，定然会悔得肠子都青了。

蓝天急中生智，拿出 Luck 的照片：“你认识我哥哥吧？经常有人弄错。”

蓝天随父姓，白云随母姓。蓝天本是男孩的名字，白云是女孩。

孪生兄妹俩长得极像，恍若一个模子里刻出来的。

可刚出生那会儿，护士贴错名字，姥姥姥爷又总喊错，导致一错再错。后来父母觉得女孩子叫蓝天蛮有意境，男孩子唤白云也未尝不可，便将错就错了。

蓝天是女版的白云，白云是男版的蓝天，这说法毫不过分。他俩的样貌在青春期时才逐渐显出差别。

今年暑假，蓝天一家去武当山自驾游。云雾缭绕的破晓时分，蓝天给 Luck 拍了张照片。他沐浴在金光中，寺庙的阴影打在脸上，模糊又神圣。

陈月儿粗略分辨了下蓝天举在手中的照片，两眼放光，不停地打听 Luck 的学院、家境、爱好等，活跃得如一媒婆，顺带表功似的对 Sever 挤眉弄眼，换来 Sever 一声冷笑。

再问下去就露馅儿了。蓝天额上生出层细密汗珠，瞥了一眼专注看书的 Sever，小声提醒陈月儿："快上课了，我要走了。"

"同学们，上课了，请回到自己的座位。"一个熟悉的男声自讲台传来。蓝天循声望去，竟是自己的公共英语课老师莫老师。

外国语学院专业课老师兼职其他学院公共课程，本无甚稀奇。目光与莫老师交会，蓝天硬着头皮喊了声："老师好。"

莫老师是一个五十岁出头的老教授，治学严谨，私下为人风趣健谈，有时略古板，深受学生爱戴。

他瞅着蓝天和Sever打招呼，竟生生拦住了她，清清嗓子道"给大家介绍下，这位也是我的得意门生，蓝天，数统院专业第一名。"

溜不掉了，蓝天叫苦不迭，腼腆地扫视全班，只得一屁股坐在Sever身旁。

莫老师刻意顿了下：“某些同学高中数学就不好，可要多向人家学习学习。”

只见全班同学齐刷刷不怀好意地望着Sever。

蓝天心内存疑：某些同学是谁?

她瞄了瞄一旁Sever的课本，听莫教授又道：“我们知道英语是一座沟通的桥梁，要真正运用自如，还需要其他方面的知识作为基石。现在交叉学科不断涌现，社会对外语人才的需求已呈多元化的趋势，只掌握外语专业知识，而别无所长的纯外语人才已无法完全满足社会的需要。我建议大家以后读研究生搭配读个经济管理或者金融学，这样会更加有优势。某些同学虽然十岁时做英语高考卷子就能考140多分，但其他学科也要均衡发展啊。”

大家听到“某些同学”时，心领神会地哄笑。

蓝天心道：十岁做高考卷子考140多分，说他是神童都不过分，怎么到了莫教授嘴里变得如此平庸？他平日在数统院上课并无“某些同学”这个口头禅。

她心里犯嘀咕时，见陈月儿笑嘻嘻地用笔杆瞄准Sever。

蓝天瞟了眼正襟危坐的Sever，给陈月儿递了个眼色：不懂。

陈月儿无声地做了个口型。

蓝天观察那个口型，屁屁？她彻底窘了，上课和屎有什么关系?

又过了十分钟，莫教授再次以“某些同学”插播道：“这周六X市博物馆将有世界名画巡回展，可以了解文艺复兴时期的西方文化。某些同学不要天天窝家里打游戏，除了我的古英文鉴赏以外全部缺课，这是很不对的，要全方位吸收各种知识，提高艺术鉴赏力，才有助于专业学习。”

家里？莫教授？爸爸！蓝天茅舍顿开：天啊！我居然吃到了巨瓜！莫莜倩是莫教授的儿子！

在自家老子眼皮底下蝇营狗苟，Sever全程面无表情，与全班同学的反应迥然不同，当听到“某些同学”时，他甚是不悦。

像初见蓝天似的，他诧异地递了张字条：【你GPA全院第一？】

傻白甜竟然是数统院的学神？看来天赋全体现在智商上了。

蓝天听得津津有味，呆愣地点点头。莫教授从莫莜倩几岁换牙，讲到他六岁时轮滑全区第一，再到赤裸裸地嫌弃他在外国语学院这个百花丛中竟然找不到女朋友。

蓝天脱口而出道：“原来你还被催婚？”

也许是太过惊讶，蓝天的声音在安静的教室中被放大了无数倍。

一个男生马上接话：“是啊，你可以试试挽救他。”

全班哄堂大笑。

Sever：“……”

蓝天：“……”

果然只有线下才能深度交流，全面认识。

愉快的时光飞逝，转眼下课。Sever 单手勾着书包，仰头走在前面，蓝天跟在 Sever 身后。

五点半，正值下课高峰期。学生挤到楼梯口，蓝天下意识地拽住 Sever 的衣角，避免被冲散。也许是方才那个“挽救”玩笑开得太过火，原本很正常的行为变得不再正常。

Sever 低头望了望蓝天的手，气氛瞬间暧昧。

拥挤的人群让二人距离被迫拉近。Sever 双眼清澈，灿若银河。蓝天迷失在那一汪深邃里，精神紧张，一脚踏空朝前栽去。

Sever 立马伸手捞住她，微不可察地呼了口气：“你走前面。”

蓝天的心怦怦直跳，鼻息间是淡淡的陌生男性的味道。

莫教授的宣传威力十足，上至毕业 N 年的学姐，下至萌新学妹，都熟知 Sever 几岁还尿床，几岁收情书的事迹。莫莜倩早已人在江湖，声名显达。

楼梯上不停有女生跟莫莜倩打招呼：“莫学长，你上周在家通宵打游戏？”

“别这么说，其他人以为你大晚上和我在一起呢。”Sever 笑得坏坏的，眼神却写满不爽。

这话引来一阵爆笑。

见 Sever 单手护住蓝天，有好事者从旁经过，拖长声音：“嗯？女朋友？”

蓝天心惊肉跳，她在外国语学院这栋楼待了不到一个下午，已经从“挽救者”升级成“女朋友”了吗？

大学生脱单总要摆一桌，介绍对象给好友们认识认识。

Sever 淡淡地说道：“我猜你的重点是后半句——请客吃饭。”

外国语学院女生众多，男生只有数十人，是国宝大熊猫，爱扎堆结伴，宿舍全分在一处。一去二来，熟悉至极。

有人拉来路过的三位男生，拦住蓝天，颇为赖皮道：“妹子，今天不就地解决下单身问题别想走。莫莜倩不行，我们总可以吧？快选一个。”

蓝天何时见过这阵势，一张脸憋得通红：“我只是来递策划书的。”

“离她远点，你们居然为了顿饭不择手段。”Sever 挡在蓝天前面，解围道，“星期天晚上，八号门食记堂。OK？把大家都喊来，我做东。”

“Perfect! 谢啦，妹子。”男生得了好处，一本正经地竖起大拇指道，“莫学长在我们学院可是一等一的优秀，有钱有颜温柔体贴，入股不亏！”

蓝天：“……”

出了教学楼，Sever 与莫教授并肩而行，怨念道：“天天败坏我名声，还指望我有女朋友？”

“自己的问题，不要找客观原因。”莫教授严肃地说教，回头笑眯眯地问，“蓝天，想找莫莜倩玩啊？来我们家坐坐。”

莫教授哪里是想让她去家里坐坐，简直就是想为儿子选媳妇。

蓝天哪里见过这阵仗，她只剩点头答应的份儿。

自此，社长设想的烛光晚餐和蓝天憧憬的街头小馆，全部夭折。

X 大坐落在国家 5A 级风景区内，群山环抱，绿树成荫。教职工家属区建在山腰处，离市区较远，大多为独栋的两层小楼。

蓝天跟在 Sever 身后，在门厅换上一次性拖鞋。她第一次到男生家做客，坐在沙发上看电视，局促不安。

Sever 在厨房用刀将案板剁得哐哐响，似乎是对“包办婚姻”的无声抗议。土鸡被切碎装盘，他麻利地洗好土豆，问蓝天：“你喜欢吃烧土豆还是炖土鸡？”

“都好！”蓝天起身想去厨房帮忙，却被莫教授一把拉回。

莫教授说道：“让他做！让他做！没事！我们倩倩从小自理能力强，好男孩！以后他老婆肯定享福。”

蓝天窘了：Sever 似乎没那么恨嫁吧？为啥亲爹四处推销？

莫教授带着蓝天来到 Sever 的卧室，墙壁上挂满 Sever 从小到大得来的各种奖状，琳琅满目，从电竞国际比赛到各种英语演讲，应有尽有。莫教授领着蓝天参观，乃真晒娃狂魔！

想想自己那么大时似乎还在玩泥巴，蓝天颇感自卑。她哄老小孩似的附和莫教授的晒娃经，目光忽然被展柜内一组黑白照片吸引。

照片色调灰暗，主体为黑白两色，拍摄角度新奇，每张图片都被割裂，图像或是杂乱的树木或是孤零零的电线杆，拍摄地点遍布世界各地的著名景点，有埃菲尔铁塔，有挪威的花海，甚至还有地中海小岛。

“倩倩14岁以前一直在国外，这是他假期旅游时拍摄的。”莫教授得意道，随后怅然地摇头，“都怪他小时候在国外生活学习，英文底子太好了，别人学神学神地把他捧得太高，现在天天不好好坐在教室里钻研学问，而去玩什么电竞。”

蓝天震惊，照片传达出一种极度的落寞与孤寂的情绪，很难想象这是一位十几岁少年所能看见的世界。不知是代沟还是如何，莫教授在夸耀Sever的艺术细胞时，似乎并没有注意到自己儿子的心理状态。

在书架旁晃了半天，蓝天的目光停在一堆旧书上。这是一堆泛黄的高中课本，隐隐有岁月的味道。她好奇地抽出一本数学书，其上字迹清秀隽永，颇有风骨。

【媚媚，投喂。】

【媚媚，和另一个男孩。】

【媚媚，8：30医院。】

……

【媚媚，永远在一起。】

……

在密密麻麻的笔记旁，Sever似乎很执着地在空白处写上与媚媚的日常。

媚媚？秦媚儿？蓝天翻书的手不自觉抖动，心狂跳不止。

她似乎窥视到了什么天大秘密。

自己这是吃醋了？原来，秦媚儿真的与 Sever 有过一段过往。而那段岁月，她无法参与。

莫教授哪能想到自己推销儿子的行为竟然能惹出个心结与情敌，他察觉到蓝天莫名的情绪，有些困惑，笑道：“倩倩以前上学时的学习态度，是挺感人的。”

蓝天：“……”

直到一股令人窒息的味道从厨房飘来，莫教授和蓝天才从尴尬的氛围中脱出。

返回客厅，餐桌上已摆好了餐具。三菜一汤，简单丰盛。

此时不比课堂，言语抗议晒娃无效后，Sever 似乎在厨房干了一大票。

莫教授坐在桌旁皱眉喊：“倩倩，你做饭时炸了厕所？”

Sever 端出三碗螺蛳粉放在桌子上，笑道：“爸，只是气味不好罢了，不信你试试。”

螺蛳粉是广西壮族自治区的传统小吃，味美汤香，辣爽鲜酸，只是在烹饪过程中，味道异常古怪。这和臭豆腐有异曲同工之妙，人们爱的极爱，不爱的退避三舍。

莫教授摇头：“怎么能给客人吃这个？米饭呢？”

“那你饿着吧，要不然自己做点别的。”Sever 埋头嗦了口粉。

“你这孩子！”莫教授责怪。

“我什么都吃！”为了给 Sever 撑台面，蓝天自证吃货属性，“小时候老师问我们喜欢什么颜色，别人都说天空蓝、高级灰，我说螺蛳粉！”

莫教授被蓝天逗得哈哈大笑，瞪了 Sever 一眼：“就你不懂事。”

Sever 懒洋洋地抬头，目光悠长深邃。

蓝天心中“咯噔”一下，埋头吃了一大口粉。

晚饭后，外国语学院举行活动，莫教授极力给蓝天和 Sever 创造独处时间，让 Sever 带蓝天一块儿看热闹。

相比老爹的热情，Sever 却不满道：“以前我一有点时间你就让我去学生会帮忙，现在又让我天天给别人当评委。”

“当初，你按你老爸安排的路走多好，当个学生会干部，最后留校任教，非要去打什么电竞。”莫教授抱怨，“要不是小时候给你垫的底子好，你现在真得门门挂科。”

“好，我去，你别再唠叨了。”Sever 无可奈何地说道，“不过别怪我没提醒你，就算把我泡在女生的海洋里，也泡不出个孙子来。”

蓝天窘。

山路如洁白丝带，道路旁边长满了大片白色小花。夕阳在天边燃烧，醉人的红光淌在小小的花盘内。Sever 的白色衬衫上，阴影与红光仿佛白日与暗夜的拼杀。他步伐轻快，与蓝天并肩而行。

好不容易有了独处的时间，蓝天如一只欢欣雀跃的鸟儿，恨不得 Sever 多看她几眼，忍不住问道：“Sever，你妈妈怎么不在家呀？”

“我妈？”Sever 笑了，“你念念我的名字。”

“莫莜倩。”

“念快点。”

“莫莜倩，莫莜倩，莫莜倩。”蓝天照做。

“这就是咯，我妈妈特别喜欢钱，为了时刻提醒自己赚钱，连给儿子起名字都叫莫有钱。”

在 X 市的方言中，“莫”这个字的发音和“没”很相近。

没有钱？蓝天无语：“令堂真幽默啊。”

“她天天都在忙着赚钱，和我的名字恰恰相反，除了钱，我好像什么都没有。”

“能不能不要拉仇恨？”蓝天“槽技”暴涨。

“时间有点久，无聊就先回去吧。”Sever 耸耸肩，在外国语学院报告厅外停下。他不太喜欢在大庭广众下和女生同进同出。

蓝天抬眼看了看拉起的红色条幅，上面写着“20×× 级新生英语演讲比赛”，说道：“我蛮感兴趣的。”

“行，随你。”Sever 朝她打了个响指，“你进去坐后面别乱跑，带你吃夜宵。”

演讲比赛的评委是学院内的专业课教师，Sever 迎上去，礼貌谦逊地将其招呼到第一排坐下。

棕色木质演讲台后方，大红幕布如瀑布垂下。

演讲的主题是“向上的力量”，女孩们个个激情澎湃。其中一位新生表现抢眼，不光英语流畅地道，身材还玲珑有致，很快吸引了不少人的目光。

三位评委老师轮番给出专业建议后，Sever 作为学生代表点评：“The language of your organization and the voices are good,also very confident.（你的语言组织能力和声音很好，也很自信。）”

他顿了顿又道：“If you like,any contacts in private would be ok.（如果你愿意，私下可以联系我。）”

新生一愣。

台下响起如潮水般的掌声，几个学生起身怪叫。

新生面颊绯红，羞答答地鞠了一躬。

蓝天一脸迷茫。

一旁有人议论：“刚刚魔王说那个女生可以私下联系他。”

“这搭讪也太直白了！魔王不会要追别人吧？”

“你也太小瞧魔王了，魔王很喜欢请人吃饭。有人私下统计过，他一个月内邀请的女孩子不带重样的。”

“这是所谓的中央空调升级版吧。”一人赞叹。

蓝天心烦意乱，捂住耳朵，屏蔽掉四周嘈杂的声音，拿出口袋中的小笔记本，上面密密麻麻地写满了电竞小技巧。她默默背记，似有一个无形的键盘出现在眼前。渐渐地，那些议论声消失掉了，她长长地松了口气。

演讲比赛结束，蓝天拨开人群，试图靠近 Sever。他正贴着大厅走廊外的墙壁站着，目光灼灼，与方才演讲台上的女孩子有说有笑。

“你有没有男朋友？”Sever 的声音穿过嘈杂的走廊，直奔蓝天的鼓膜，语调直白奔放。

新生轻轻摇头，面庞如熟透的红苹果，带着少女特有的娇憨。

无数纷乱镜头在脑海闪现，蓝天想起在操场上遇见 Sever 的夜晚。天空漆黑如墨，他的笑容如暗夜明灯，身旁簇拥着大堆女孩。大家乐于和帅气漂亮的人成为朋友，可也是这种特质让喜欢他的人退避三舍，比如蓝天。

或许未来 Sever 会遇见一个女孩，为他悦己红妆，为他未来奋斗，但不会有人像蓝天这样，傻乎乎地将最真挚的爱拿出来，即便是个游戏小白，也为融入他的世界笨拙地学习打游戏，像极了爱情里的小丑。

这样“矫情”和“一文不值”的事情，不会有哪个女孩再虔诚地重复。

那天社长掀起蓝天的衣服。他看着她，她也看着他。她以为会对那时的羞赧印象深刻，可现在能记起的只有 Sever 眼中一瞬的错愕，如烟火绽放在亘古寂静的天地之上，骤然炸开，灿若云霞，染红了她的面颊。

可对于 Sever，这一切不过是一瞬烟花。

蓝天当初被 Sever 的外貌吸引时，大概没料到也正是因为少年的明丽绚烂，才在二人之间划下了无比巨大的沟壑。

喜欢又怎样？这爱太卑微，也许对方根本不在意。

“莫莜倩。”蓝天将 Sever 的名字放在口中低吟咀嚼，还真是没有钱。

她转身从另一侧的楼梯口走出大楼，将 Sever 远远丢在了后头。

回到宿舍，蒋南风正倒立在床上边敷着面膜边打电话，室长跷着二郎腿边听歌边煮面条。蓝天一屁股坐在书桌前，打开游戏《诡灵》。这校园满是喧闹，大家像都看见了她，又似隔着大海天涯。

Sever 答应教她打游戏后，蓝天用论剑场上的积分换了套崭新的装备。苗疆蛊女的装备分已跻身游戏百强，鸟枪换大炮，蓝天却心情抑郁，独自一人行至龙泽渊。

皓月大江，北国风光缓缓铺陈在眼前。蓝天操纵着苗疆蛊女，飞奔在风雪迷蒙的莽原之上，手中的银针伴着奇巧的身姿，闪烁着微光，如幽暗海潮中的灯塔。蓝天不由得赞叹，游戏中的超级武器和普通武器真是天壤之别，光这一闪一闪的特效就足够博人眼球。

她在雪地里停住脚步，切换了功法，微光从偏冷的蓝过渡到绚烂的金。苗疆蛊女是个双功法门派，可杀人亦可救人，输出补血两不误。当初玩游戏时，蓝天只想成为一代女侠，至于站在他人身后做一个不求功名的医者，她尚未想过。这武器的特效实在太炫，她忍不住调出来观摩。

几个身影在不远处窥探，查看完蓝天的装备后悻悻离去。

附近聊天框内。

颤抖吧人类（玩家）：【大家快看，这只奶妈胸好大！】

蓝天窘：因胸平被社长强行更改性别的我竟然还有翻身的一天?

第一次，那些“人头狗”看见她主动退避三舍了！蓝天心情复杂，有一天她居然也能成为一只“大号”。

龙泽渊是一处悬崖峭壁下的碧绿深潭，蓝天一头扎进去，隐藏在水草之中。画面整体色调转换成浅浅的蓝，配合着无边的黑暗，一股莫名的神秘安详填满心胸。此处水域游动时配有减速效果，不能用轻功逃跑，容易被击杀，但湖底有很多重要的任务材料，这使得玩家们趋之若鹜又避如蛇蝎，被称作死亡之渊。蓝天以前做任务时就被埋伏在此的其他玩家袭击过，他们像湖底暗影纠缠。

那时蓝天慌乱按动技能键，朝湖面方向扑腾几下，就沉底挂了。而此时攻守互换，她如一只狩猎的黑豹，注视着湖面，看见有玩家经过，就冲上去给对方雷霆一击。

蓝天等待了片刻，锁定了一双刀女刺客，打出一连串漂亮的连招。

女号扑腾几下后，血槽空了，身体消失，被传送回复活点。

屏幕中央出现野外首杀成就。

蓝天长长舒了口气，从玩游戏到现在，四个月了，她终于凭借自己的本事赢了一次!

果然被 Sever 大神指导过后进步神速。有了成功的经验，蓝天瞬间开窍。被杀的女号不甘心，又领了两个男号杀回来，她在湖底边躲边反击，竟然侥幸逃掉了！情场失意，战场得意，她受伤的小心脏又兴奋地怦怦跳动起来。

蓝天跃出水面，一条私聊出现在屏幕右下角，是 AD 战队的桃子：【哟！巧了，嫂子你也在啊！】

蓝天没理他，一个大轻功飞天，小小的身影消失在风雪中。

【打架竟然不叫我！】桃子挡住追杀蓝天的三个玩家，手起刀落。

【不要叫我嫂子！】

【嫂子，你不愧是泡最强的男人、惹最硬的刺头的人。】桃子幸灾乐祸，将刚杀的三人帮派信息发在聊天框内。

长歌当哭，《诡灵》游戏帮派榜第一。第一不仅仅代表成员活跃度和装备分，还暗示着帮派中必有全服数一数二的大神。从软实力上讲，成员间异常团结，若一人被欺负必然全员出动。“人头狗”和“杀胚们”未必真的在乎那些恩怨情仇，但只是简单的冲锋陷阵似乎缺了点精神支柱。前些日子，大家开帮战的理由是对方衣品太差，后来改为某些帮派情侣太多辣眼，最后成了吃甜粽子的都该死！咸粽子万岁！但千般理由万般借口，都比不过为了女神这个由头让人激动万分！只要是自家帮派的女孩子被欺负，男同胞们个个热血沸腾。

由于蓝天并没有加入任何帮派，她杀掉“长歌当哭”的女刺客夜夕夕后，很快被挂在了全服通缉榜榜首。血色 ID 配上她的名字，蓝天也不蓝了。

蓝天说：【我……不是故意的。】

桃子马上回道：【那肯定是有意的！】

蓝天：【……】

蓝天审时度势，返回主城，游戏的大型城邦内禁止追杀寻仇。

可桃子比那群“人头狗”更为可怕，一直尾随其后：【嫂子，你比上次随和多了。记得第一次和你打游戏时，你杀了我两次，还骂我屁话多。】

蓝天这才意识到桃子将自己认成了 Luck：【为我的嘴臭向你真挚道歉。】

【嫂子！】桃子很感动。

【但我不否认你说得很对！】

桃子：【……】

《诡灵》在网游中竞技性强，很关键的一点是它以阵营双方对战为主要玩法，辅以帮派和论剑场小组对战。这些对局，胜利方会赢得大量积分，而通缉榜榜单上的名字，对于全服玩家是行走的积分库。击杀他们能得到更多的奖励，甚至获得游戏中的“捕快”成就，换取极品装备。蓝天在主城的交易区转了一圈，吸引了大批人的目光。

夏虫语冰：【蓝天在溪水城，小可爱们快集合啊！】

悠悠长河：【嗨，小妹妹，谁让你惹了不该惹的人。要不叔叔带你去小树林，让我杀了，返你一千金怎样？】

桃子审时度势，私聊蓝天：【等 Sever 上线后问问他该怎么办，别轻举妄动。】

【Sever 是个怎样的人呢？】蓝天情不自禁地问。

【“中国好队友”啊！】

怕蓝天不信，桃子接着道：【知道 Sever 为什么叫狼王吗？】

【打游戏很厉害？】

【他本名不是叫莫莜倩嘛，长得又比女孩子还好看，性格又温柔又阳光，刚入队时外号娘娘腔。】

蓝天：【你们太坏了。】

桃子八卦：【坏这个字形容我们恰如其分。后来得知他在外国语学院上学，坐拥整个外国语学院的美女资源后，我们改口叫他娘王。】

蓝天：【……】

【他是空降的，当时 AD 战队内部关系复杂，大家都不服管。Sever 得知这外号后并没有生气，而是反其道而行之，给我们介绍了女朋友。】

【他是……媒婆？】蓝天震惊。

【从那以后，他和我们队的单身狗关系都很好。】

蓝天：【……】这是空有一身撩妹本事，却给他人做嫁衣？！

【娘字和狼字太像，最后粉丝误传为狼王。】

这时，好友列表响起咚咚声：【Sever 上线了。】

他点蓝天组队，见桃子也在，便说道：【今天演讲比赛有个新

生很不错，帮你问了下，她还是单身，到时候喊出来大家一起吃个饭。】

蓝天：【……】

桃子发了一连串动作夸张的表情包：【好的！老大！小姐姐好看吗？】

Sever 冷笑：【这是帮你搭讪的第五个女孩子了。再搞砸，你试试看。】

Sever 与学妹相谈甚欢，女孩答应了周末一同去艺术馆的邀约，到时 Sever 再约上桃子。

【我认为问题不是出在桃子身上。】蓝天回想新生看 Sever 的表情，鼓起勇气说道。

【为什么？】

【因为她不喜欢桃子。】

Sever 质问：【不喜欢他还不是他的错？但凡他好好表现……】

【女生不喜欢桃子分明是你的错。】蓝天忍不住吐槽。那个新生看向 Sever 的眼神爱意满满的。

【这是什么逻辑？】Sever 惊奇地问道。

【大概和你被传性取向晦暗不明是一个逻辑吧。】

桃子连发三个惨叫的表情：【不带这样的啊，你们天天秀恩爱，却诅咒我单身！】

Sever 转移话题问蓝天：【你刚刚跑哪里去了？不知道我在等你吗？】

他打蓝天电话打不通，等报告厅门口所有人都散尽了，连个鬼影都没见着，最后看到桃子的短信，才知道蓝天居然回宿舍打游戏了。

【你和学妹去吃夜宵就好，带我干吗？】

【你怎么了？】Sever透过屏幕都能感到蓝天语气不善。

蓝天口是心非，心跳加速：【我很好。你没送她？】

【从教学楼到宿舍十分钟不到，我干吗送她？】

蓝天转头看向窗外，宿舍楼外爬满爬山虎。X大地处湿热的南方，那些原本纤弱娇小的藤蔓植物，主干粗壮如参天巨树，扎根在无数人斑驳又鲜亮的青春里。夏季的热风掀向空中，整栋楼绿浪层层。朦胧月光中，窸窸窣窣尽是碎响。她闭着眼，听着风声，感觉世界如此神奇。蓝天忍不住又给桃子发了条私聊：【桃子，Sever是个怎样的人呢？】

【这个问题我刚刚回答过了啊。】

【我以前以为我知道，听你说了才知道自己根本不知道。】

桃子：【……】

忽然，苗疆蛊女身上出现了黄色闪光特效，打断了蓝天与桃子的悄悄话，欢快悠扬的主城背景音中混杂着噗噗的放屁声。队伍聊天框中刷出一连串系统提示：【蓝天正遭遇马粪袭击。】

蓝天操作人物走了几步，身上竟然掉下了大便。

真恶心！

“怎么回事？”电脑旁的Sever皱眉，他按动快捷键查看，发现竟有二三十人向蓝天投掷马粪道具。

“刚刚我们杀了长歌当哭的人，他们来寻仇了。我研究了下《诡灵》的帮派组成，第一大帮长歌当哭下面还有两个分帮会，大概300人吧。”桃子不嫌事大，主动报告情况，“情况好的话硬扛，一百打一；情况不好的话就直接删号，混不下去了。”

“你干吗惹事？”

桃子打字，顺便把蓝天杀掉的ID号挂在了队聊频道：【冤枉，我是被连累的。杀人放火的事，是嫂子干的！】

蓝天发了个哭唧唧的表情。她直觉自己捅了个天大的娄子。面对Sever，她一如既往十分奴性地将前因后果全招了。

Sever扯动嘴角，心情愉悦。不愧是Luck的妹妹，竞技本能很强，首杀就能因地制宜出其不意，而桃子作为职业玩家入队半年都还没有这个主动意识。他查了下被蓝天杀掉的ID号夜夕夕，女刺客是长歌当哭的副帮主，难怪能如此兴师动众。但不管是对方疏忽还是蓝天运气爆棚，对于一个小白玩家，这战绩都足够优秀。

“打电话让队里人上线。”Sever对桃子道。

“好嘞！”桃子爽快应了。

蓝天被Sever拉进了一个叫“裤裆长歌”的帮会。她记得高中语文学过，“长歌当哭”指用长声歌咏或写诗文来代替痛哭，借以抒发心中悲痛，颠倒成“哭当长歌”就成了用哭泣代替歌唱。“裤裆长歌”就更明显了，明显在用谐音羞辱对方。

桃子看了看自己头顶的帮会名，叹道：“老大，说到贱，天下无人能出你之右。”

“我再给你次组织语言的机会。”

“水平真高。”桃子发了个竖起大拇指的表情。

白衣剑客衣袂飞扬，一面旌旗插在主城中央，如盘龙嘶吼，红缨朝天。Sever 在主城区开启了 PK 竞技擂台。

《诡灵》玩家多为男生，大家有什么恩怨，直接 PK。Sever 能替蓝天出头，这是最好的了结方式，不少长歌当哭帮派的玩家兴冲冲地上前挑战。

“我来！”一位全服排名前二十的大神，拔出战戟，飞身上台。

Sever 给蓝天换装备时，自己也顺手换了新的，为即将到来的百强争霸赛做准备。高端武器自带外观效果，长袖上神龙若隐若现，如白夜微光。长剑挥舞间墨意纵横，仿佛剑通书卷，不经意间山河泼洒自成。第一个人被打下台后，车轮战一波接一波，但没人能坚持两分钟以上。

系统在世界频道刷出 Sever 横扫千军，取得擂台赛十五连胜战绩的消息后。玩家们才恍然，原来已经输了这么多场了。内行看门道，外行看热闹，这段时间认真钻研如何把游戏玩好的蓝天，这才意识到没有她这个吊车尾，Sever 究竟有多强。她失落地想起先前在论剑场上的种种场景。

长歌当哭帮派被挑衅后彻底炸了，玩家们个个义愤填膺，却无人再敢上前。

Sever 又把一位全服排名前十的大神从擂台上踹了下去：【欢迎挑战。】

一时间气氛僵持。

【我是帮主的女朋友！你竟然敢杀我！】夜夕夕在世界频道公然喊话。这语气这气势，和那些坑老子的富二代乱嚷一样欠揍。

蓝天看得一阵牙酸。

“撑回去。”Sever 在队伍频道对蓝天道。

原本《诡灵》游戏主线上竞技，玩家们互相拼杀属于常态，打打闹闹这事基本就翻篇了。蓝天野外击杀凭的本事，对手挂她悬赏已属过激行为。Sever 给蓝天出头后，长歌当哭帮派的帮众也愿赌服输了，身为副帮主还咬着人不放，实在太过了。

“怎么撑？”蓝天纠结。

“她作你也作。”

【我也是帮主的女朋友，谁怕谁呀！】蓝天照葫芦画瓢憋出一句，内容虚假又毫无气势。狗仗人势这活，她做得极其拙劣。

这时 AD 战队的队员已陆续上线，看见这句话瞬间集体兴奋了，这是官宣啊！ Luck 当初在咖啡厅决然拒绝 Sever，如今又赤裸裸地大秀恩爱。Sever 苦尽甘来，地位今非昔比！一想到 Luck 那么粗糙冷硬又别扭的汉子竟然如此炽热坦诚，众队友再次激动到热泪盈眶，队聊频道一片鲜花祝福锣鼓喧天。

蓝天窘了，连她都觉得撑得尴尬，没料到大家竟如此捧场。

她不自在地在屏幕上乱点，内心五味杂陈。新增的帮会界面在系统菜单上十分显眼，蓝天点进去。

帮会家园内红墙绿瓦，水榭竹轩，恢宏大气的宅院内树立着一座雕塑，正是Sever的游戏形象白衣剑客，下方用隶书写着“裤裆长歌帮正帮主”。《诡灵》之所以被称作古风奇侠扛鼎之作，很大程度在于制作用心，细节见真章。Sever随手给角色戴在头上的兔子耳朵，也分毫毕现。

蓝天观察雕像，这才意识到AD战队的队员在起哄什么，她红着脸私聊Sever：【不好意思，刚刚说错话了。】

Sever：【……】

这时系统提示：【“长歌当哭”帮派对“裤裆长歌”发起帮战，时限两小时。】

蓝天的话效果卓绝，把夜夕夕气得够呛。似要证明她这个女朋友与蓝天有天壤之别，她联合主帮在线的几十个玩家发起总攻，又勒令两个分属帮会一起发动帮战。三大帮会对上十几个人的小帮会，浩浩荡荡两百人吐吐口水就能把他们淹没了。

“人头狗们”摩拳擦掌，抱团守在城池之外，手中兵刃寒光凛冽，游戏音效中似藏着万人拼杀的战场呐喊声。大家未必真心实意地给夜夕夕报仇，只是有帮战可打就很开心，巴不得自家副帮主更矫情一点。

一个帮众甚至给蓝天发私信：【遇上我们副帮主，小姐姐实惨！】

蓝天窘。

吃瓜群众一边倒地认定Sever输定了。

微笑之眼：【我赌长歌当哭赢。100比1的赔率，谁来？】

这买卖一看稳赚不赔，一堆玩家争先恐后地下了注，交易行内热闹非凡。

桃子指挥着角色上蹿下跳，眼光透着悲悯，看全服玩家如一茬茬待割的韭菜，于是他买了1万金赌自己赢。

“我下下个月参加《诡灵》的百强赛，谁一会儿愿意和我打配合练练手？”Sever问道。

“老大，我还以为你遇到什么生死局向我们求助呢！没想到还是训练啊！”AD战队一队员暴风哭泣。

“人头数超50，”Sever分配任务，“都把录屏打开，打完后复盘分析写总结开会。”

《诡灵》帮战以击杀人数多者为胜方。击杀一名敌对帮众记一分，超50就意味着最少要比对方多击杀50人。AD战队一片哀号，随后各自散开。

桃子和蓝天跟在Sever身后出城。溪水城地处江南，烟柳弄晴，碧波万顷，护城河两旁一派春光明丽，城门旁的参天大树上挂满许愿红绸。游戏场景往往超脱现实，大树上飘落着洁白的柳絮，如深埋严冬的无声大雪。蓝天前脚艰难地上树，后脚就被十几个玩家团团包围。

带头的夜夕夕黑衣匕首，寒芒激射，如破云鹰隼猛冲上树，但路径太窄，瞬息之间又被Sever用大招逼了下去。

“不好办啊。”桃子爬到树顶，俯视下方。

长歌当哭当前团队配置与野外打Boss时相差无几，奶妈输出辅助强攻肉盾一个不少。单个玩家会有职业短板，多人抱团则会形成优势互补。他站在又细又长的枝干上，一不留神掉落下去，被封住内功后技能键全黑。

一阵五颜六色的光闪现后，人群吞没了桃子，如淹没在东非大草原角马群的狮子，无影无踪。

“老大，这没法玩。”桃子被杀，从复活点站起后说道。

“回顾一下历史，八路军对上日军大部队应该怎么办？”Sever问道。

桃子没反应过来：“啊？”

“游击战！”蓝天抢答。

桃子观察局势，别说游击战了，站在树上如作茧自缚：“老大，你要是能在不挂的前提下，击杀五个对手，我给你带一年的冷饮。”

“成交。”Sever从行囊内拿出一个铁钩，正是前些日子Luck在论剑场用的道具，朝最前方的长枪侠女袭去，将其拉入半空，墨意挥洒间对方血槽空了。

“这我也想到过。”桃子笑了，“出其不意，却不能当长久之计，他们只要控制好与你的距离就不会再中招了。”

果然，所有人不再尝试上树，而是站在铁钩施放范围之外。

柳絮自树间飘落，恍若漆黑天际洒下的苍白星光，星光瀑布范围内拉起了透明疆界，无人再敢涉足。这时，Sever忽然从树上一跃而下，落在空地中央。众人见状一拥而上，但Sever手速极快，在敌方阵型微乱之际，一个大轻功跳到了整个团队的后方。

剑落如雨，黑剑嗜人，墨意纵横间击杀了两名敌对帮众。原来Sever开始就不打算用铁钩击杀对手，而是以此打乱阵型，获得从树上跳下的机会。团队阵型里通常是血厚的战士打头，中间是高输出性职业，加血和辅助垫后。Sever击杀掉奶妈和辅助，如搅浑了一池清水，整个团队六神无主。

夜夕夕在队聊里开麦大喊：“快！把帮主杀掉！别让他再上树逃了。”

Sever以迅雷不及掩耳之势，掉头冲向一名落单的长枪男兵，又转瞬间击杀了五个对手。他们实在低估了Sever的“杀胚”属性，他根本没打算逃跑。没了奶妈加成，这群战士在他面前就是一群待宰的羔羊。

长歌当哭帮会的在场帮众如一锅煮开的沸水，沸腾了：“绝了！帅气！大神！”

夜夕夕酸到不行：“快杀掉他！”

二十多个玩家追击Sever一人，左前方是大片无遮挡的春日原野。

桃子看热闹道：“老大，你失算了！”

忽然，Sever从众人视线中蒸发掉了，一群人追到中途一脸迷茫。

桃子在队聊里连发三个流汗的表情：“老大，你居然进城了。”

蓝天查看位置信息，Sever竟然打着打着入了溪水城。《诡灵》里主城禁止帮战，长歌当哭的人只能眼睁睁地看着Sever逃之夭夭。

Sever说道：“一年的冷饮。”

“好说，好说！”桃子回道。

蓝天终于明白为什么 Sever 要爬城边的树，利用地势以一敌万，此为攻；战罢进城，此为守。但目前她还学不会 Sever 那风骚的走位，一下树必被击杀。她可怜兮兮地问："那我咋办？"

"老大，嫂子那边真的没关系吗？" Luck 在电竞界的实力不容小觑，但人数差距如此悬殊，桃子不禁为 Luck 捏了把汗。

若让桃子知道自己只是 Luck 的小白妹妹，恐怕会惊掉下巴。蓝天心想。

【你可以直接跳下来，然后在复活点待到帮战结束。】Sever 打字。

蓝天：【不要。】

Sever 道：【那给你个大任务，拉拉仇恨。】

拉仇恨指在游戏中吸引 Boss 的攻击，多是些剑客的技能，现实中指一些得罪人的活。

经仔细研究，蓝天已全面了解苗疆蛊女的定位：远程输出和补血辅助。拉仇恨这档子事与她的职业定位毫不相干。蓝天意会，Sever 是让她像方才那样用言语刺激夜夕夕，好调动敌方大批精锐玩家围攻自己。可蓝天从小就是个乖乖女，虽然 Luck 撑天撑地，但她连骂人都文绉绉的。前男友和她分手，她也只会逆来顺受，让她挑衅别人实在过于勉强，方才撑夜夕夕的那句已属极限。

"老大，你真是物尽其用啊！"桃子道，曾经有电竞选手和 Luck 打比赛，被气到中途摔键盘退赛。

蓝天："你真的误会了……"

Sever 笑着打字：【我们能赢多少就看你了。你丢的分我两倍杀回来，尽管放手做。】

这是兜底的意思？让她自力更生？

蓝天调整视角，看了看树下，一大堆玩家争先恐后地往上爬。她握紧鼠标全力戒备，吃力地将第一个人打下去。可对方发起猛烈车轮战，根本不给她喘息的机会，血量不知不觉间少了一大半，形势危急。

蓝天对夜夕夕道：【你这样太欺负人了！】

【就欺负你了，能怎样？】

【怕是你们都没胆赢吧！】蓝天动用激将法。仅仅惹怒夜夕夕自然不够，想要配合 Sever 的战术就要引起群情激愤。

长歌当哭的人当即笑嘻嘻道：【妹子，话可别乱说。】

【你们一个个和我 PK，要是我输了，立马解散帮会。】

夜夕夕一眼看穿：【你是想给自己争取喘息的机会吧！可以！说话算数！】

这消息发在世界频道。复制党们看见后纷纷刷屏：【裤裆长歌帮战后要解散帮会了！火钳刘明（谐音：火前留名）！】

AD 战队队员在队聊里纷纷点赞。Sever 微微一笑：【准了。】

一个好的电竞团队，不光拥有出色的选手，队长的统率与部署也很重要。蓝天在整场帮战中本是 AD 战队的软肋，却被迫变成了把寒芒四射的刀。对手大概做梦都没想到，拉仇恨居然是这般用的。

蓝天望着四周越聚越多的吃瓜群众，心中感慨：Sever 大概就是古人说的将才吧。

第一个对手是个和尚，绝招金刚罩铁布衫，血量超厚，二人打得不分伯仲。蓝天仔细回忆了下 Sever 的走位，猛地从树上跳下，在实战中她进步飞快，很快总结出了一套自己的打法，利用苗疆蛊女的长距离输出与对手拉开距离，放风筝般不远不近。和尚慢慢被磨掉了血，输了。

第一场胜利后，蓝天手法更加精进，之后连胜五场。

夜夕夕气愤难当，亲自上阵：【上次你偷袭我，这次堂堂正正地打！】

【赢你就是赢了，哪里不堂堂正正？】蓝天生气了。

夜夕夕道：【强词夺理！】

夜夕夕玩的刺客优势在于伏击与快攻，职业主野外偷袭。《诡灵》里不少野外“人头狗”都是刺客职业，强词夺理的人分明是夜夕夕本人。

围观人群被逗乐，刷屏：【我就笑笑不说话。】

刺客出招极快，蓝天这种远程输出，很快血量掉了一大半。

蓝天急中生智，绕着城外大树周旋，等对方大招放完，看准时机一冲而上，一串华丽的连招后，局势反转。

夜夕夕情急之下手忙脚乱，但苗疆蛊女这个职业偏控制系，被蓝天上了减速，夜夕夕如一只惊慌失措的蜗牛，拼尽全力，却只挪动了一点点。

夜夕夕战败后，胶着的战局陷入短暂的沉寂。

蓝天私聊 Sever：【现在比分多少？】

比分在帮战期间只有帮主才能掌握。

【312 ：13。】Sever 回道。

【谁 13 ？】

【当然是我们。】

蓝天窘，职业选手和普通人之间的差距简直是鸿沟！

对方想用人数碾压 AD 战队，却犯了一个巨大的错误。长歌当哭主帮会大号居多，硬碰硬拼杀未必会造成如此惨重的伤亡，但分帮多是些做任务的新手小号，遇上这群“杀胚”，无异于羊入虎口。夜夕夕看见这个比分估计已焦头烂额了。

蓝天实在想不出还能出什么损招让局势反转。她翻了翻队聊记录，有个 AD 战队的队友吐槽：【一做任务的小白妹子，很执着地送了二十多次人头。】

忽然，长歌当哭帮会又有个人点蓝天 PK，附近频道一片欢呼：【帮主出战！必胜！】

夜夕夕发了好几个娇滴滴的表情：【凛城哥哥，你一定要赢哦！加油！加油！】

凛城，《诡灵》全服第一，长歌当哭帮派帮主。蓝天心道：夜夕夕这是把自己的男朋友唤来报仇？

凛城玩的也是刺客。蓝天吸取教训，与对方迅速拉开距离。

屏幕里黑衣刺客瞬间欺身而上，发出阴冷的嘲笑声。明知这是游戏音效，但蓝天依旧打了个寒战。她被封住了内功，匕首闪着寒光，凛城身形上踢下移，蓝天血槽迅速空了。她张大嘴巴，这感觉很玄妙，仿佛回到第一次与 Sever 打论剑的时光，看不清对手出招。

夜夕夕打字：【随随便便一个人就想骑在我身上？】

【又不是你赢了我。】

夜夕夕终于找回了一点威风，叫嚣道：【我男朋友赢了你就是我赢了你！没本事就是没本事！凛城哥哥，离帮战还有半小时，我们一起将他们杀个片甲不留好不好？】

然而令所有人意想不到的事情发生了。世界频道刷出一条信息：【长歌当哭帮派主动投降，比分 324 ：14，恭喜帮派裤裆长歌取得压倒性胜利！】

凛城：【打什么打？！没看见比分落后这么多？真当我是枪你是猴，你耍哪儿我打哪儿？】

蓝天目瞪口呆，夜夕夕这个男朋友很出人意料啊！

AD 战队集体在世界频道刷屏：【算你识相！】

【对不起，凛城哥哥！打扰你睡觉了。】夜夕夕慌忙道歉。

凛城骂道：【昨晚我女朋友来姨妈，闹了一晚上小脾气！你还来添乱。我以为什么大事！不就一场帮战吗？】

夜夕夕发了个很委屈的表情：【不算输，不算输！刚刚凛城哥哥赢了！按赌约他们是要解散帮会的！我哪里比不上你女朋友啊！她那么矫情有什么好！】

这段话泄露的信息量极大。凛城有女朋友了夜夕夕还倒贴。蓝翔已经很没底线了，但也只敢将卑劣的行为藏在光鲜的人设后。蓝天曾以为渣男是见不得光的阴沟老鼠，实际却是臭气熏天的化粪池；蓝天曾以为小三是温婉柔媚的春江水，实际却是咄咄逼人的高段位“绿茶”。

蓝天感觉胸口憋着一股恶气，忍不住嘲讽夜夕夕：【也许不是你不够好，而是他只想睡觉。】

凛城：【总算遇见一个能抓住重点的妹子了。】

蓝天：【……】

【夜夕夕你这就想错了，谁愿意把内裤天天顶在头上？我们帮主本来就打算解散的！】桃子插嘴。

【对，我愿意为蓝天倾尽所有，解散帮会又算什么？】Sever打字。

夜夕夕仿佛力拔千钧的一拳打在了棉花上。从方才开始裤裆长歌帮派就表现得像群神经病，思维脱线。Sever在气人这块真是有种无师自通的可怕，字字诛心。AD战队发出热烈的欢呼声，此时帮战已结束，他们围着蓝天燃放了一堆烟火，脚底形成无数个大大的红心。

蓝天不甘心就这么输了，打字道：【小哥哥，下回我一定想办法赢你。】

凛城：【好，我等你……一万年。】

蓝天窘。

【我去睡觉了！各位再见！】凛城打字。

【等一下！你就这么下线了？】夜夕夕问道。

【你还想怎么样？】

【算我看错你了！】不知是否手抖，夜夕夕竟然把这话发在世界频道了。

令人惊讶的是，凛城毫不在意夜夕夕的情绪，竟然下线了。

面对如此多的吃瓜群众，夜夕夕颜面尽失。她在现实生活中是个普通接线员，凭借着悦耳的声线在游戏中获得众多男玩家的喜爱。认识凛城之初，她只知道这是个游戏打得很好的男人。那时，他们各取所需，凛城需要她花大精力打理帮会，她需要凛城撑台子。管理帮派给了她现实里无法体会到的权力欲，也就是在那个时候，她发现了这个男人的秘密：他是一名职业电竞选手。

和 Sever 一样，这位退役选手用自己打比赛时的名字注册了网游账号。作为一个网游资深玩家，夜夕夕没法不知道 Wings 战队：全网风头最盛的全冠王。最近新兴的 Grace 和 AD 战队势头很猛，但离老大 Wings 还是有点差距的，而凛城作为 Wings 战队创始人，在整个电竞圈被称作远古大神级人物，曾与Earth齐名。再深入了解，夜夕夕发现这男人有个缺点：女朋友。凛城的女朋友在照片里并不惊艳，只是气质出尘，眼神纯净如珠穆朗玛峰山巅的皑皑白雪。

夜夕夕是长相姣好的女孩，遇见长相不如自己的人霸占着更好的资源，自然极不服气。她内心深处有自己的骄傲，奇妙的胜负欲让她和凛城保持着某种暧昧的关系，但今日凛城的态度给了她迎头痛击。夜夕夕惊觉隔着网络，她带着对一个人的空洞幻想，走得太远。

夜夕夕私聊蓝天，报复性地打字道：【告诉你一个秘密，凛城就是那个凛城。】

蓝天有点蒙：【他不是凛城还能是谁？】

夜夕夕：【……】

蓝天犹豫片刻，在搜索页面输入“凛城”二字，页面内出现一张照片——凛城手握鼠标，身体微微前倾，屏幕上的蓝光微微笼罩着他的面颊。照片下的介绍是：凛城，电竞界首位在国际赛场获得 LPL 冠军选手，首位获得赛场 1000 杀选手，首位……

一系列的神之荣誉让蓝天目眩，她最后盯住凛城这个名字，这人退役后居然沿用了凛城这个比赛用名，在网络的小角落神隐。

夜夕夕问道：【你和那个 Sever 这辈子也没法在一起！】

【为什么？】

夜夕夕点了支烟，微光照亮了她乌亮的眼睛：【男人不过想用最少的成本玩一个女人，网络上这种事情最容易实现。】

【Sever 不会的。】

【你真单纯。】夜夕夕哼了声。

【凛城和 Sever 是不是一类人又有什么关系，主要我们两个不是一类人呀。】

夜夕夕冷笑：【死丫头，你哪一点比我好了？】

蓝天一针见血道：【我也许没有你优秀，可我从未想过要靠男人。你从一开始就想借助强大男人的力量，从来都不是真正的自己，

那些人又怎么会爱一个附属品呢？】

夜夕夕怔住。

【输给凛城的我是靠自己的力量赢了你啊。】蓝天补充道。

长久的沉默过后，夜夕夕的头像暗了下去，只留了几个字：【谢谢你。】

蓝天如释重负。

天已渐凉，夜风透过窗棂缓缓落在蓝天的披肩长发上。她起身为自己泡了杯咖啡，思绪随着银勺与杯壁的碰撞声越飘越远。

AD 战队的队员们在帮会家园庆祝胜利，鞭炮、烟火等道具齐鸣，欢乐的气氛快冲破屏幕。Sever 也燃放了一个烟火，在空中炸出一个心形，问蓝天：【好看吗？】

明明知道那个红心不是特意为自己放的，蓝天的脸还是羞红了，她回道：【马马虎虎吧。】

【你明天有没有事情？】

蓝天想起明天是周末，回道：【应该没有。】

【那明早八点见。】

天啊！她有没有看错！Sever 居然主动约她了！不知何时，Sever 对蓝天的态度悄然而变。这个少年的世界中，首次出现了蓝天的位置。

【什么事啊？】蓝天忍不住好奇问道。

【改变你的人生。】罕见地，Sever 在这条信息的最后加了个大笑的表情。

Chapter 5

/ 蜕变 /

有人守着夜空等不来流星，有人却能与三百年难遇的大雨不期而遇。

目之所及，大雨倾城。

受沿海超强台风登陆影响，内陆城市 X 城降下特大暴雨。大雨瓢泼而下，千万条雨线化作水雾漫天，最后什么都看不见了，只剩轰鸣声。

蓝天默默望着窗外，心想：大河要从天上流下来了。

大厅里只有她一个人。

她坐在冰冷的铁质座椅上，想着些无关紧要的事情分散注意力，缓解紧张情绪。

惨白的墙壁中间是扇橘色木质办公室大门，伴随着扭动门把手的声音，两人从里面走出来。

Sever 带着往常招牌式的微笑，和跟在他身后西装笔挺的男人熟络地聊着天。

蓝天听见了自己的心跳声。

从小她便是个很自信的女孩，即使高考查分，也能淡定泡上杯咖啡，再慢悠悠地拿出手机。她相信自己绝不会输，这自信建立在写过的一张张卷子上，建立在一次次模拟考的超高分上，建立在一天天用心苦读上。可现在摆在眼前的难题是“如何成为一名优秀的电竞选手”，她心慌意乱，情不自禁地站起身：“结果怎样？”

“你觉得呢？”Sever 勾了勾嘴角，眸光流转带出丝深邃的冷光，即使在笑也不怒自威。

“没过？”蓝天试探地问。

三个小时前，蓝天万万没想到她求 Sever 教打游戏，他竟然一本正经地给她报了一个电竞培训班。站在“橘子汽水电竞青训营”大门外，蓝天目瞪口呆。

作为 X 城甚至整个 A 省最著名的电竞俱乐部，橘子汽水电竞青训营被很多电竞玩家推崇。

蓝天还记得高考完那个炎热的暑假，来自全国各地怀揣梦想的年轻人挤满了整间屋子，汗流浃背，空气中混杂着青春与梦想的味道。经过几轮激烈而紧张的淘汰赛，Luck 得到了进入青训营培训的机会，但乐极生悲的是，在现场做了两个一百八十度后空翻后，他不幸右腿骨折。

整整一个暑假，Luck 打着石膏在训练营每天进行十几个小时的高强度训练，战斗复盘，再战斗再复盘。

那时 Luck 最爱讲的笑话是——如何治愈一个网瘾少年？答：不是去电击，而是送他去橘子汽水电竞青训营。

事物光鲜的外表下，隐藏着看不见的艰辛。哥哥 Luck 费尽心机才拿到青训营的入场券，她有何德何能?

“没问题，以后周末过来训练。”穿西装的男人说道。他是橘子汽水俱乐部总经理，名叫夏言河，以铁血无私闻名，曾经 Luck 在此训练时蓝天便有所耳闻。见他说出此话，蓝天瞠目结舌。

半小时前，蓝天在橘子汽水电竞俱乐部做了次电竞潜能测试。

“看，这是座移动中的高塔，你每次射击都要命中它。”Sever 抓着鼠标做示范，声音轻落耳畔，像窗外潮湿的雨滴。

蓝天耳根微红。

在漫长进化中，人类的手速能达到 400+，甚至 500+，但电竞要求的是有效手速，每次操作必须给予敌方有效打击。这其中融合了一定策略，而非简单的机械反应。

蓝天领会，意思是即便手速飙到 500，键盘噼里啪啦摁出火星，若无法精确打击目标即判定为无效输出。

蓝天聚精会神地完成了任务。

成绩 320，没 Luck 高。

穿西装的男人站在 Sever 身旁，手中拿着测试成绩，表情高深莫测。他招呼 Sever 进房间，却让蓝天在厅外等候。

望着窗外瓢泼的大雨，她等了快一刻钟。有生之年她第一次希望能与哥哥多些相似之处，至少在电竞方面。

“没问题？”蓝天吃惊地重复夏言河的话。

Sever 掏出张黑卡递给蓝天：“这上面有你的信息，只要训练营淘汰赛你能撑到最后十名，我就说服 AD 战队所在的公司签你，让你成为一名真正的电竞选手。”

蓝天第一直觉是被潜规则了。她瞥了眼 Sever 干净俊雅的侧颜，心跳大乱：若论如狼似虎，怎么也该是她扑倒 Sever 啊！

夏言河直接“呵呵”了两声：“小姑娘，你别操心，Sever 也不是白白把你弄进来的。”

Sever 眼底深沉，嘴角勾起丝危险而意味不明的笑：“她若是不行，直接刷了，不用看我面子。”

蓝天：“……”

待二人动身离开俱乐部时，雨越发大了。望着雨水漫过台阶，蓝天皱起眉头。不远处一大堆公交车、私家车堵在马路上，鸣笛声汇成一片热闹非凡的交响曲。

Sever 指了指旁边一家咖啡厅：“先避一避吧。”

蓝天瞅了眼脚上的白色弹力鞋，通往咖啡厅的路虽不远，但全是深一脚浅一脚的浑浊积水。

Sever 察觉蓝天纠结的心情，挽起黑色裤子，脱掉跑鞋，把鞋带捆在一起递给她，两只手支在膝盖上，低头弯腰：“上来。”

不知是心跳淹没了大雨，还是大雨漫过了城市，蓝天的脸涨得通红。她一直认为 Sever 很瘦，但近距离看他背部线条流畅，手臂肌肉紧致漂亮，在昏暗天光下犹如古希腊时期阿波罗雕像。

他们可是连手都没正式牵过啊！怎么就背起来了？蓝天纠结地绞着手指，沉默在雨幕围成的空间中无限蔓延。

她还没准备好！

真的还没准备好！

先心理建设一下！

一小会儿就好！

就一小会儿就好！

嗷嗷嗷！千载难逢的机会啊！

赤裸裸的帅哥啊！

蓝天紧张得绷紧身子。

“上来啊！”Sever 疑惑道。

“好……”

“快点啊。”

“……”

见蓝天许久不动，Sever“啧”了声，忽然回头把她拦腰抱起。

蓝天惊呼一声，捂住嘴巴，等反应过来，身子已悬在半空。

Sever 走下台阶，冰冷的雨点扑面而来，混合着 Sever 身上淡淡的熏衣草香，蓝天目眩神迷。

Sever 赤脚走着，蓝天忙一手撑起雨伞，一手挽住他的脖子。

Sever 纤长的睫毛轻轻颤动，笑道：“是不是该给我发张好人卡？”

蓝天窘了：Sever 居然对上次的话耿耿于怀，不会是喜欢我吧？

想到这里，她脱口而出：“难道要我以身相许？”

察觉 Sever 身体一僵，蓝天自觉失言，羞愧难当，将脑袋埋进

Sever 的脖颈处蹭了蹭，待做完这一套动作，方才意识到这样有多暧昧，整个身体都泛起了淡淡的粉色。

沉默在暴雨的轰鸣中无限蔓延。

二人到达咖啡厅后寻了个位置。

蓝天坐了好一会儿才平复心跳，闲来无事翻看手机。在刷到本市遭遇 300 年难遇强降雨的新闻后，她担忧地望了眼窗外。

暴雨困住不少人，旁边桌两个女生忽然拼命朝他们所在方向挥手。Sever 见状亦礼貌回礼。其中一个扎着马尾戴黑框眼镜的女孩子走到桌前，好奇地朝蓝天眨眼。

“李菲菲，外国语学院文艺部部长。”Sever 介绍道。

离上次晚会主持人缺席事件已有段时间，李菲菲恢复了点元气，她一脸痴汉笑，特夸张地弯下腰，向蓝天伸出手：“你好。”

蓝天见李菲菲与 Sever 状似亲密，又不清楚对方底细，短暂寒暄后，冷不丁地问：“他是你们的男闺密？”

Sever 一口咖啡差点呛着，缓慢抬起眸子。

李菲菲直接朝蓝天竖起大拇指：“上个敢这么说魔王的人，坟头草都几丈高了！”

“他……哪有那么可怕。”

“对！他最和蔼可亲了！”李菲菲贱笑，满脸春意荡漾，八卦道，“这位是准备介绍给哪位小哥哥的妹子啊？”

看来 Sever 声名远播，不仅是 AD 战队的媒婆，更是全外国语学院的红娘。

“我朋友。”Sever抿了口咖啡，白了眼李菲菲，潜台词是不打算介绍给谁当女朋友。

李菲菲似受了极大惊吓，夸张地捂住胸口：“那蓝天呢？你上次不是还接受了一个叫蓝天的男孩子的表白吗？你不能当渣男啊！”

蓝天的嘴巴张成了“〇”形。

李菲菲边说边端详蓝天的面容，像哥伦布发现新大陆似的高声喊道：“她长得和那个蓝天好像！审美真固定！”

Sever慵懒地支起半张脸，虽没说话，表情却愈发精彩。

蓝天的脸瞬间红成了天边火烧云，如坐针毡。

Sever饶有兴趣地观察着蓝天，终于伸出援手，对李菲菲冷笑道：“什么乱七八糟的。雨已经小了，给你钱打车回去。”

凡是遇上能让Sever尴尬的话题，李菲菲都愿意继续探讨，她胡扯道：“这不是钱的问题，主要是雨太大走不了。”

Sever拿出钱包，抽出几张百元钞票，抬眼问道：“够不够？”

“够够！现在的我整天被拿来和曾经的你做比较，压力很大，忽然想起还有策划案没写。”

“以学业为重，当心毕不了业。”Sever说道。

这学期李菲菲挂了三科。突如其来的学业问候让李菲菲措手不及，生怕再被戳痛处，一把拽过钱：“拜拜！”

望着李菲菲一溜烟跑出门的背影，蓝天长长地松了口气，继而担忧地问道：“我女扮男装的事情会不会露馅儿啊？”

“你对外国语学院女孩子什么印象？” Sever 慢条斯理地叉起块蛋糕，昏暗的天光中他浑身透着股贵族气质。

“思维活跃。”蓝天斟酌用词。

“那你就放心吧，你是他们活跃思维的死角。”

蓝天：“……”

雨滴猛烈砸向窗户，一股股水流在透明玻璃上奔腾出了大江大河的气势。有人守着夜空等不来流星，有人却能与三百年的大雨不期而遇。落雨繁花，绿叶波光。

蓝天看了许久雨景，掏出口袋内的那张黑卡，叹道：“这也太不真实了。”

Luck 描述的橘子汽水电竞青训营全国闻名，训练严格，末位淘汰制度惨无人道，但 Sever 竟然简单地打了声招呼，就让蓝天加入了。

“难道大神可以为所欲为？”

“也许因为那家俱乐部是我开的。”Sever 双手交叠，笑着歪头。

橘子汽水电竞俱乐部早在十年前就存在，即便 Sever 是个天才儿童，也不可能插手大型企业运营。蓝天撇嘴，这玩笑真烂。

雨后，一条巨大彩虹横跨天际，预示着一个响晴。很多年后，蓝天回想起今天自己所做种种，也许只是为了在回校的路上多靠近 Sever 一点，也许只是为了能多了解他所在的世界。可这一去，走了很远。

她的整个世界都变了。

周末上午九点。

蓝天到橘子汽水电竞青训营报到的第一天，总经理夏言河给蓝天下了死亡判决书：“你在这里待不了三天。”

对着 Sever 点头哈腰的殷勤男人消失了，取而代之的是记忆中不苟言笑的恶魔。

“我会努力的。”蓝天表态。

“努力是这里最不值钱的东西。”夏言河坐在宽大的办公桌前，饮水机寂寞地发出“咕嘟”声。他自从蓝天进门，就没抬头正眼看过她。

他递给蓝天一张纸，说：“这是我们的课表。按 Sever 的说法，你还在上学，我们每天训练十几个小时，无节假日。你只靠周末两天的时间，赶不上大部队的进度。虽然你是凭着 Sever 的关系进来的，但我还是要劝诫下，这里不适合你。”

蓝天沉默许久后问道：“为什么？”

这是夏言河第一次正眼看蓝天。

他走到窗边，操场上一大群少年在跑道上奔驰，汗水顺着小麦色的皮肤流淌，他们毫无顾忌地脱掉上衣，嬉笑着将外套丢在其他人头上。教练从树荫下走出，大声呵斥。

蓝天倒吸一口冷气。她终于发现了这幅图景的诡异之处——训练营里竟然没有一个女孩子！

“欢迎来到男人们的世界。”夏言河戏谑道。

当代中国电竞圈还未诞生过一位顶尖的女电竞选手！曾经有一个名叫Supergirl的女电竞选手在NSL2016国际邀请赛拿过四强。人们把呼唤声与赞美声丢给她，依旧没能让她站上领奖台，在最后的战役里与奖牌失之交臂。

这似乎也印证了某些科学家的研究结论——在极度紧张的时刻，女性的肺活量比男性小，肌肉应变与抗压能力不足。

冠亚季军站在聚光灯下光芒万丈，全场唱着嘹亮的国歌，奖牌熠熠闪光。在这样的时刻，谁又关心得奖者是男是女？只要他是个中国人就行！

在电竞圈女孩子稍微努力下就会得到无数男人的追捧。化化妆，拼拼颜值，再撒个娇，国服第一女玩家的称号唾手可得。

博眼球、搞噱头、心术不正，才华与努力掩盖在靓丽的外表下，永无天日。

这也是为什么 Sever 会许诺，只要蓝天进入橘子汽水电竞青训营前十，就能进入 AD 战队，而男玩家远远没有如此幸运。

“不要误会，我没有歧视女性。”夏言河道，“电竞里没有性别歧视，当然也没有性别优待。”

“这里很单纯，单纯到只有胜利。”

“最后，我要向你强调的是，很多电竞选手的职业生涯很短，像你这种，虽然只有19岁，”夏言河笑了，“但也是个老女人了。”

蓝天真的没法对这个男人产生好感，她一言不发地抬脚走出房间。

X 城的晚霞很美，如滚烫的铁水泼洒在极远的江面上。树林笼罩在黑暗里，氤氲着一层紫气。她独自一人坐在操场上，手机屏幕的反射光像开了扇明亮的窗。

这一刻，她仿佛又回到了高一分科时。

当时上至爷爷奶奶，下至隔壁的小花妹妹，一致认为女孩子学理科太要命。数学是把火，点燃物理的灯，物理是盏灯，照亮化学的路，化学是条路，通向生物的坑，生物是个坑，埋葬理科生。

如今，又有人认为她走上了条不适合自己的路。

坐了整整四个小时，蓝天胸腔内郁积的怒火才缓缓散去。

已过了晚饭时间，青训营的男孩子们陆续离开食堂。有好奇者凑过来，惊呼："这不是 Sever 和 Luck 的经典战役嘛！巅峰对决！Luck 被三杀！"

"Luck 就没能赢 Sever 一次？"蓝天方才边思考人生，边查看电竞比赛视频，见有人来，便捧着手机请教。

此刻手机上播放的是电竞比赛精彩瞬间合集，网友刻意将 Sever 和 Luck 剪辑到一起。

蓝天看 Sever 视频的同时，顺便把自家哥哥也观摩了一番。

"没有！"男孩子回答得干脆。

蓝天："……"

Luck 在各种公开赛上表现极佳，甚至面对电竞界首屈一指的 Wings 战队的多人围剿，亦能绝地反击，但他竟然从出道以来，真没赢过 Sever 一次。

一次都没有。是命运的克星，还是人性的沦丧？不，网友们说是大爱无疆。

蓝天脑海中再次浮现网友合成的 Sever 和 Luce 的牵手照，这可真是相亲相爱一家人。

“Luck 输给 Sever 是因为队友不给力。现在很多人喜欢截片段，你看到的未必是真相，要是他们单挑……”另一个男孩子显然是 Luck 的拥护者，义愤填膺地为偶像辩护。

周围参加讨论的人越来越多。蓝天抬头看着夜空中的星星，摇摇晃晃，似乎大风一吹，就会落下来了。内心忽然很温暖，她站起身朝夏言河的办公室走去。

方才视频里 Sever 三杀 Luck 时，桃子是助攻，全场沸腾，狂欢呐喊。她被那热情感动到热泪盈眶，忽然有了人生目标：想成为 Sever 的左膀右臂。

办公室内，身穿白衣裙的少女明艳动人，眼中闪着灼热的光，对夏言河道：“我愿意。”

接下来的时光，蓝天在无比紧张的状态下度过，时间被分割成小块。由于漫展临近，动漫社团排演活动由一星期两次改为三次，她不得不早上五点起床读书，六点不到叼着面包去教学楼上自习，过得像个繁忙的高中生。

China Joy 将在与 X 城邻近的省会举行，届时蓝天这个妖孽会被广大人民群众的火眼金睛照到无所遁形。青天白日的，她实在想不出社长还能有啥障眼法，算是糗大了。

这几天，蓝天反复练习脸部表情控制，毕竟到时丢脸的是自己，社长顶多算个幕后人员。

第一个星期的橘子汽水电竞青训营的排名出来，蓝天位列第108名。训练营这期学员总共120人，每星期末位淘汰10人。下个星期如果排名没提升到前一百名，蓝天将被迫离开。

“看来我们低估了女子组第一名。”

开会讨论战术时，夏言河站在大屏幕前，对蓝天的排名发表评论，引来一阵爆笑。他对蓝天的恶意不加掩饰。

蓝天侥幸未被淘汰，夏言河便高声训斥其他学员：“看来你们这些人真是废物，还赢不了一个小姑娘。”

蓝天攥住衣角，死死盯住夏言河。

她把披散的长发扎成干练的马尾，露出修长的天鹅颈。

由于他的煽动，同期学员对蓝天不甚友善。虽然尽最大努力适应环境，但在这里，她仍像个异类。男学员在说起蓝天时总会有意无意道：“人家是女孩子，你让一让会死？”

更糟糕的是，传闻俱乐部会邀请Sever现场指导学员。在Sever眼皮底下，颜面尽失，黯然离开，这是蓝天能想到的最可怕的事情。

被危机感环绕，蓝天跑到Luck宿舍前求助：“哥哥，怎么才能进入最后前十啊？”

“Sever竟然把你送去了青训营，”Luck凤眸微眯，拍了拍蓝天的肩膀，“去求神拜佛吧。”

“你能不能认真点？”蓝天暴力一脚踩在Luck新买的鞋子上。

“那我和你谈个条件，《诡灵》账号能别玩了吗？”

“凭什么？”蓝天问道。她花了很多精力才练起来的，怎么能说放弃就放弃？

“你想让所有人以为我天天和Sever卿卿我我？”Luck怒了，“他们都以为你的《诡灵》账号下的人是我。”

蓝天气笑了：“你自己不会解释吗？”

“这解释得清？”Luck喊道，“你不知道有句话叫事实胜于雄辩？”

蓝天：“……”

不知何时，Luck感觉周遭发生了些与自己息息相关，但又捉摸不透的事情。在队里，大家刻意躲着他，举手投足满是戒备，而AD战队那群人却对他异常热情。

前几天进赛场时，竟然有个叫桃子的AD战队的队员毫不避讳地朝他招手，一把揽住他的脖子，热情地喊了声嫂子。

Luck一把扭住桃子的左臂，抬起他下巴，从牙缝中挤出一个字：“滚！”

桃子踉跄后退。

Luck傲然扫视AD战队的众人：“知道该叫什么了？”

“姐夫！”桃子忙喊道。

“和他们讲理等于对牛弹琴。”Luck收起回忆，痛心疾首。

“那又有什么关系，反正在很多粉丝眼里，你们一直卿卿我我。”蓝天不信 Luck 没看过网友恶搞他和 Sever。

“知道我如果和Sever组队打电竞意味着什么吗？”Luck 大喊。《诡灵》百强赛季主办方也联系过他，提出过这个设想，被他一口回绝。

“意味着在其他人眼中，你俩看起来就像已原地结婚了？”蓝天试探着问。

此时暑气已消，夜风微凉，晃动的树影如魑魅魍魉，缓慢行走在远处漆黑的山岚里。

Luck 抬头看着天空，长久失语。

“我问你，你真的喜欢 Sever？”Luck 忽然用深沉的语气问道。

蓝天的脸霎时红了。

“喜欢只是惯性，痛恨却需要不停鞭策自己。整整两年的日日夜夜！每一分每一秒！我把这恨放在心里，发誓一定要赢！我绝对不会和 Sever 成为朋友，更不会谈合作！”

这一瞬，蓝天觉得 Luck 真像位情感哲学家。她歪头说道：“哥，我对 Sever 的感情好像没有你深。”

Luck：“滚。”

顺着操场旁的小路，蓝天慢慢地朝女生宿舍走去。玩笑归玩笑，临走时，Luck 还是很够意思地对蓝天进行了一番电竞指导。

最后，Luck 总结道：“没有电竞意识，想要成为一名优秀的职业选手，等于痴人说梦。”

什么是电竞意识？通过海量练习，有天赋的人可以在一对一的对战中获得胜利，但战场瞬息万变，光靠反应速度是无法一直占据优势的。这时，就需要在短短几分钟内对整场战斗的走向进行预判。当对方拔剑朝你冲来，你看见的不能仅仅是剑，还要看到对方下一步的走位，以及不远处正埋伏在草丛中的敌方队员，把握所有人在战场中的动态。

蓝天联想到 Sever 带领 AD 战队和长歌当哭打的那场帮战，所有人似乎都成了他棋盘上的棋子。

过去，现在，未来悉数出现在眼底。

蓝天一屁股坐在操场旁的台阶上，行人渐渐成了模糊的背景。

深夜十一点半的校园，光明渐次隐退。从高处望，体育馆如黑暗混沌的水洼，教学楼亮着一两点微弱的黄光。无数打游戏体验过的感觉如杂乱惊起的鸟群，她试图从一大堆凌乱如麻的表象中抓住些实质。

忽然，她的思维被一束光芒点亮。

蓝天跑进校园小吃街，攀上狭窄的楼梯，将身份证拍在电竞酒店的前台上：“我包夜！”

服务员将蓝天领进房间，她迫不及待地打开电脑，喊了橘子汽水电竞青训营的几个同伴一起通宵。

青训营内被淘汰的紧张气氛环绕，人人自危，见有人召集训练，几个男生毫不犹豫就同意了。

待天边泛起了鱼肚白，蓝天这才放下鼠标，揉了揉发涩的双眼。方才模拟训练战，蓝天十局七胜，取得了很大进步。

她一头栽到床上，脑海内那些杂乱的画面消失，取而代之的是无比的宁静。

无数平淡无奇的表象被解构，脑海中的一个小小角落，Sever对敌时的各种反应被归类重组。

虽然只是一个夜晚，但是蓝天对电竞的理解已经产生了质变，她看见了海面下的全部冰山。剩下的就是大量练习，将思考的成果进行巩固，转化成身体记忆。

既然Luck不愿与Sever组队，蓝天拿出手机，给Sever发了条短信：【我能代替Luck和你参加《诡灵》新赛季百强角逐吗？】

想和Sever并肩，成为他的左膀右臂。

短信仿佛是丢进浩瀚无垠江面的石子，被淹没无息。蓝天懊恼地想撤回，但为时已晚。

不知过了多久，她倒头沉沉睡去。

但蓝天的种种努力，并没有让她融入青训营的生活。一个月后，淘汰制忽然从每星期淘汰10人改为20人。

一下淘汰20个？！所有人都愤怒了。

幸存者摸着胸口庆幸，淘汰者怅然若失。而情绪波动最大的要数那批本以为能成功晋级，却因改变规则而要离开的人。

一个男生当众要和夏言河理论，骂骂咧咧地踢倒会议室的一排椅子。夏言河的眼镜被人一拳打掉，他不怒反笑，摸着出血的嘴角："再给你一次机会，赢了我们女生组第一名，就留下。"

蓝天立马起身："我可以拒绝吗？"

还未等夏言河回答，蓝天从走道玻璃的反光中，看见了一个熟悉的身影，Sever！

Sever 大神竟然真的来青训营观摩了。原本想要和夏言河干到底的众人全部老老实实地坐回位置。

蓝天走到会议室隔间，问道："是在这里比吗？"

青训营成员们沉默地在蓝天身后围成一个小小扇形，面对 Sever，他们展现了少有的矜持。

最后蓝天赢了，男生们灰头土脸。

Sever 对蓝天微微一笑："还不错。"

得了表扬，蓝天飘飘欲仙，自此正式成为全民公敌。蓝天不仅在电竞俱乐部麻烦不断，最近她还惊觉了一个更为恐怖的事实。

China Joy 并不仅仅是动漫界的狂欢盛宴，更是涵盖游戏、动漫、互联网影视、网络文学、电子竞技、智能娱乐软件及硬件等数字娱乐多领域的盛会。在电子竞技这块，主办方邀请了知名电竞团队进行现场互动。今年是 AD 战队的主场，传闻届时 Sever 会亲临会场。

橘子汽水电竞青训营的大部分学员不仅热爱电竞，还喜爱动漫，到时蓝天这个 Coser 最大的秘密，将不再是秘密。

蓝天内心忐忑，趴在宿舍床边央求蒋南风："下周就是 China

Joy 的全国动漫大赛了，你能和我一起去吗？我害怕！”

听她讲完事情的前因后果后，蒋南风哈哈大笑：“这不是撞车，是塞车吧！行，姐给你安全感！”

蓝天：“……”

金秋送爽，China Joy 在 D 城举行。X 大动漫社全体成员一大早抵达会场。

大厅里不断闪过穿着奇装异服的年轻人，有经典动漫造型 Seber 女神，也有《诡灵》的各路英雄，还有不少穿汉服的小姐姐。蓝天不时用眼睛扫过身旁的汉服男女，很多人衣服粗制滥造，比如白衣便真是雪白的，衬得肤质暗黄发黑。唯有 X 大动漫社考虑了穿衣者的肤色，搭配细致。

X 大动漫社的服装走古风路线，突出大唐文化的富丽堂皇，每一支珠钗、每一把剑、每一件衣服的纹路都严格依照当时的文化民俗设计。社团里一位服装设计学院的研究生还据此写了篇论文——《探究唐代服饰的艺术之美》。

如果要在现场选一支服化道最精致的队伍，非他们 X 大动漫社莫属。

蓝天在场馆内回头率极高。社长自豪道：“比赛可不是自上台的那一刻开始的，那时开始，就已经迟了。”

蓝天所在代表队第十个上场。

主持人堆砌慷慨激昂的开幕词，摄像机镜头扫过台下观众，密密麻麻全是人头。

蒋南风从幕布的缝隙朝外看，惊得后退一步，说："天啊，这人也太多了！"

社长翻了个白眼："你当是什么？这可是全国大赛。"

台上是两个表演忍术的小伙子，他们来自X大下属的一所三本院校，诙谐的语言和夸张的肢体动作逗得观众哄笑不止。

社长摇头："他们要垫底了。"

蓝天问道："为什么？"

"道具粗糙，剧情不够严谨，略显拖沓，主要是……Coser太丑。那是佐助吗？他演的分明是三代火影！"

蓝天："……"

屏幕上闪现主持人的脸，声音高亢："下面有请N次元动漫社为大家带来秦时明月的剧目《苍空》。"

蓝天还未看清，台下便爆发出阵阵尖叫。

一个美少女走上台，嘴角噙着抹笑容，手缓缓伸向前方。社长脸色都变了，喃喃道："是小陌啊……他们竟然请了小陌。"

纵使蓝天初入Coser这个行当，也听过"小陌"这个名字——全国第一反串扮演者。

小陌一支独舞，美轮美奂，曲调从轻快转瞬变得雄浑时，她抽出剑，伴着台下的惊呼声，劈叉，后空翻，气势如虹，衣袂飞扬间藏着剑鸣。没错，娇俏优雅的美少女是个男的！

蓝天想这未尝不是一种思路，她也可以拿这个反串当噱头。社长在旁泼冷水："你从头到脚没一点像男人。我社但凡能挑出个长相正常的男人，都不会这么为难你！"

蓝天有些担心："我不会露馅儿吧？"

"你要对我们的化妆技术有自信，这里稀奇古怪的装扮多了去了。"

蓝天瞥了眼不在饭点却蹲着扒饭的十几个草帽"路飞"，深以为然。整个会场分为A馆和B馆两个区域，游戏电竞和动漫二次元展区相距甚远，橘子汽水电竞青训营的那群年轻人现在肯定眼巴巴地围观Sever。这让蓝天一颗忐忑的心又放回了胸腔里。

社长又转头交代蒋南风："一会儿要是有什么突发状况，你替蓝天挡挡。"

蒋南风点头。

面对社会上的专业Coser团队，社里一人忽然叹道："小陌好强，我们不会输了吧？"

"那就最后再加一段独舞吧。"社长说道。

"有没有搞错，我们都没排练过。"蓝天首先反对。

《大唐长风》的女主角是音乐学院的优等生，舞技精湛。蓝天和社长在舞蹈室见她跳过一支舞，那段配乐与风格和《大唐长风》整体风格极搭。但由于整部剧已成型，又临近China Joy终结之战，实在找不出时间再重新排演，最后不了了之。

"要么活，要么死。"社长发起了狠。

社团所有人的表情顿时视死如归起来。

台上已表演完八个节目，所有人检查了遍衣着服饰。

蓝天忽然喊住大家：“等等！等等！”

社长等人停下：“干吗？！”

“来！加个油！”蓝天用力伸出右手。

“这玩法真幼稚！”蒋南风在一旁吐槽。

“快点啊！”蓝天跺脚。

众人笑了，相继覆上右手，十几只手握在一起，边用力往下一摁，边齐声大喊：“X 大必胜！”

很快，上一个节目结束了。

蓝天走过明与暗的交界线，来到灯光璀璨的舞台。她的心仿佛提到了嗓子眼，在喉咙里剧烈地搏动。也许是无数日日夜夜的努力堆积起了作用，抑或是社长积极报名学校各类晚会，让蓝天对舞台完全没有了陌生感。

音乐一响，蓝天就进入了状态，动作行云流水。

灯光下，一切被照得虚白，仿佛一张古朴而隽永的画卷在众人眼前展开。蓝天缓缓抬眼，这时，摄像机镜头一个特写，一张精致面庞出现在大屏幕上。

芝兰玉树，朗月入怀。

台下观众被剧情深深吸引，甚至忘记了鼓掌。

故事讲的是一对情侣爱而不得，女主化身花之精魂，与男主阴阳相隔的故事。这哀婉的爱情故事发生在安史之乱的大背景下，有着史诗的奇幻与历史的厚重。

女主角的独舞，没有在台上预演过，后台社员们紧张得心都揪住了。

舞台暗了，一束光自上方打下，仿佛在天国开着窗。

曼妙女子清颜白衫，若仙若灵，身姿婀娜如柳条，娇美若粉色桃花，举止有幽兰之姿。

动漫Coser少有专业的舞蹈人士，多半是兴趣爱好，功底欠缺，所以此刻，观众眼中闪动着激动的光芒。

最后一幕，蓝天一步步走向即将身死魂销的女主角。

只要走完这几米，整部剧就结束了，但不幸的事情恰巧此时发生。蓝天的目光不经意扫过台下。在人群之中，她看见了一个最不该出现在这里的人——Sever！

Sever容貌俊逸，即便他戴着墨镜，也掩不住周身由内而外散发的光芒。他穿着黑色西服，身影笔直如竹，一只手插在裤兜里，潇洒中带着莫名的痞气，歪头含笑注视着蓝天。

他不该在电竞区给广大粉丝签名吗？怎么会来围观她演出？难道出了什么变故？

蓝天顿时慌了。

橘子汽水电竞俱乐部的大部分学员她都叫得出名字，但若让她在茫茫人海一眼认出，却太过勉强。她分神又瞥了一眼台下，竟望见夏言河拿着橘子汽水电竞青训营的旗子，一脸严肃地抿住嘴，站在Sever身旁。

蓝天顿时惊恐万分，古风衣服下摆过长，她脚步一乱，在众目睽睽之下摔倒了。

不远处，女主满脸悲痛，见蓝天摔倒，她表情失控，竟然真的哭了出来。

仿佛有个巨大的黑洞吸走了所有声音，整个世界都抛弃了她们。蓝天急中生智，就势撑起身子，一步一步地艰难地爬向女主，最后伸手抓住女主的场景，变成了二人跪地紧紧相拥。

强烈的白光下，女主整个人仿佛化身轻盈泡沫，即将消失在偌大的天地之间。

二人都哭了。

强烈的悲伤流动在整个会场，这太真实了！人们从座位上站起，拼命鼓掌，经久不息。

红色幕布落下，蓝天坐在冰冷的地面上，被社长拉起时整个人发虚。

“狠！你们还真哭出来了！”社员们竖起大拇指。

“演砸了！”蓝天哭道。

“隐藏实力啊！”一人调侃，“最后那幕踉跄而行真的是点睛之笔。”

蓝天：“……”

女主角：“……”

接下来的几个节目，蓝天没心思再看，心里不停在想台下究竟有多少橘子汽水电竞青训营的队员。之后她绝望地将脸埋进双手，自暴自弃地想：其他人认出我又有何关系？只要夏言河认出了，这就是死局。以他平时对我的敌意来看，巴不得抓住我的把柄置我于死地。

不知过了多久，舞台上响起主持人激动的声音：“20××年China Joy二次元动漫Cosplay大赛的冠军得主是，来自X大的云翼动漫社！让我们用热烈的掌声对他们表示祝贺！”

蓝天愣住，尖叫跳跃，现场一片欢呼。

很快后台热闹起来。参赛的选手们拿起手机和他们合影。年轻人聚在一处，拍照，加好友，互相交换手中道具，闹成一团。有几个团队和社长热情交流，询问他们古装服饰和道具的制作方法，约好下次再聚。主持人邀请所有动漫社的成员上台拍照，年轻的人们笑着，将奖杯捧在手心。蓝天和女主角被推到了中间，青年们全搂着肩膀弯着腰凑紧了看镜头。

咔嚓！时间定格。

那一天，世界阳光明媚。

全国大赛结束时已临近下午两点，社长约了专业摄影师到十几公里外的园林，准备给蓝天拍一组古风照。为躲避人群，她专门选了扇侧门送蓝天出会场，但蓝天固执地非要先卸妆，怎么劝都不愿意。

“姐姐！你现在卸妆了，到那边再化，起码还要再花两个小时。”社长无奈。

“可会露馅儿的呀。”蓝天愁眉苦脸。

“我来吧。”一个温柔磁性的声音从旁传来，给人以安定与力量。

蓝天整个人僵立原地，看到黑色西服上的暗纹金龙活灵活现，是某意大利奢侈品牌惯有的奢华。Sever 取下墨镜，笑容明媚，他不知何时钻进了后台化妆间。

蒋南风的花痴属性立马被激活，露出星星眼，嘴巴夸张地张成了“○”形，拼命朝蓝天挤眼，询问这位天降帅哥究竟是何方神圣。

有 Sever 在身旁，蓝天的内心安定了不少。

此时已是下午，橘子汽水电竞青训营的队员们在各个展区闲逛，蓝天穿着显眼而华丽的古风衣服，很难不引人注意。

Sever 悄声说：“别怕。”领着她从试衣间走出。

“蓝天，是你吗？”果然刚出后台，一个声音就在耳畔炸响。

两名橘子汽水电竞青训营的学员手里拿着福袋和各种动漫周边，好奇地探头。对上蓝天的视线后，两人惊喜万分：“果然是你。”

“对不起，你们认错人了。”社长出手阻拦。

“你这是什么装扮？真像古时候的俊美小生啊。”两人更相信自己的判断，上下打量蓝天。

这时，Sever 取下墨镜。没了夏言河，又非训练时间，两个橘子汽水电竞青训营的学员瞬间尖叫起来。

声音吸引了其他人的注意，走廊内乌泱泱地聚集了一大批人。

一个男生非常直接道：“Sever 给我签个名吧。我没纸，对！就签在衣服上。”

借着宽大袖摆的遮掩，Sever 轻轻握住蓝天的手腕，示意她快走。

厚重的布料下方，传来温暖的力量。蓝天注视着 Sever 那双狡黠带笑的眼，感激地点点头。

待出了会场，所有人如劫后余生，松了口气。蓝天望着在阳光下反射着白光的喷泉，拿起手机给 Sever 发了条短信：【我出来了！】

“叮咚”，手机响了。

Sever 回复：【下午五点，体育馆四楼。】

【好。】她和 Sever 之间似乎已经形成了一种他人没有的默契。

“天啊！那帅哥哪儿来的？模特？”蒋南风依旧沉浸在看见帅哥的震惊之中。

对于蒋南风居然不认识 Sever 这件事，社长在出租车上鄙视了她一路，然后将 Sever 出道以来的种种事迹一一科普，换来蒋南风一声声惊叹。最后，蒋南风不依不饶地问：“那 Sever 和蓝天什么关系啊？凭什么帮她？”

“大概因为社会主义兄弟情吧！”社长美滋滋道。

蓝天：“……”

蒋南风：“……”

到达目的地后，蓝天坐在水榭回廊里拍照，依照摄影师的要求摆出各种姿势。侧头望着碧波荡漾的荷花池，蓝天心想：等这组照片出来后，好好收藏起来。很多年后，一定是段荒诞又感人的时光。

蒋南风悄悄举起手机，吐着舌头，拍下张蓝天卸妆卸到一半的场景。云鬓飘散，妆容半英气半柔美，透着股别样风情。

蓝天站起身，伸手去抢，和蒋南风闹成一团。

蒋南风高声道："这张好看，不能删啊！"

拍完照，蒋南风和社长迫不及待地跑回 China Joy 现场，继续狂欢购物。蓝天留在原地，看摄影师坐在湖畔修图。

微风吹入湖心小亭，水面波光粼粼。

一张张被精修过的照片传至网上。摄影师学弟刷新着页面，可回复寥寥无几。青年人内心深处微小的呐喊与期盼被一点点放大，又一点点被淹没。

蓝天眯着眼，仔细看着这组照片。最上面一张亭台楼阁错落有致，透着古色古香的韵味，无边的莲花池映着粉色天光。她身着深蓝色长衫，整个人沐浴在一片暖光之中，面庞拥有少年的俊美精致，又带着丝少女的艳丽，仿佛晚风中款款摇摆的美人。

很多 Coser 都爱走这种风格，妆容精致立体，但蓝天的照片更加出彩，拍得极好。

没有宣传，没有曝光，除了 China Joy 一等奖的光环外，再无其他。

学弟看着下方零星的跟帖，宽慰道："过几天再看肯定会有人关注的。"可二人都心照不宣，虽然他们得了冠军，但社长打造流量 Coser 的计划已全面失败。蓝天本人还没有《大唐长风》的女主角关注度高。

忽然忆起儿时看的《灌篮高手》，虽然大家有相同的梦想，可有人去了美国，有人躺在床上疗伤。樱木花道心心念的全国大赛成了最遥远的奢望，有想法却不能时时如愿，有梦想可能无疾而终，想来，这就是青春吧。

蓝天忽然轻松地笑了。

在互联网这片巨大水域中，青年人热血沸腾，泛起点浪花后，就悄无声息地沉底了。

下午四点半，离 Sever 约定的时间还差半个小时。China Joy 的活动已接近尾声，从体育馆楼梯间的小窗往下望，人群如洪水过境后慌张离巢的蚂蚁，乌泱泱一片。

蓝天已换下演出时穿的繁重古风外衣，套上一字肩翠色碎花小短裙，白布鞋踩在楼梯上发出寂寞的“嗒嗒”声。

过道旁的办公室紧闭，昏暗阴冷，只有一间房门虚掩着，透出苍白的微光。蓝天心想：Sever 说的体育馆四楼，想必就是这里吧。

她欲推门而入，忽听里面传来人声，谈论的事情竟与她有关。

“那真的是 Luck 的妹妹？”方回的声音中掩不住惊讶。

“没必要骗你。”这是 Sever 的声音，“Luck 这个人在赛场上不可控，他不参加未必是件坏事。”

Luck 虽然粉丝众多，但脾气暴躁，行为出人意料，经常在职业赛场上不顾整体部署与对手硬刚。七夕直播时，更是用一匣子弹在墙上写：单身狗不快乐。行业内很多分析师唱衰：Luck 不计后果的言行，只会极大缩短其职业生涯。

“其实，我倒有个办法让 Luck 心甘情愿地参加比赛。他这个人骨子里还挺讲道义的。”方回似乎将什么东西递到了 Sever 面前，房间内传出翻动纸页的窸窣声。

让九头牛都拉不回来的自家哥哥心甘情愿？纸上写的什么魔法？蓝天好奇心爆棚，屏气凝神，轻轻移动脚步，却只在门缝里看见一截修长的手臂。

沉默过后，Sever 将那沓纸扔在桌上，语气不悦：“这样很卑鄙。”

“成大事者不拘小节。”方回道，“我还有个好消息要告诉你，凛城要借《诡灵》百强赛复出。”

凛城？和莫莜倩以前的马甲 Earth 齐名的远古大神？长歌当哭帮派的帮主？蓝天脑海闪过一道晴天霹雳。

空调调整风速发出轻微的嗡嗡声，整个房间犹如一个大冰窖。不知过了多久，久到蓝天以为房间内的人凭空蒸发了，方回才开口：“七年了，我希望你赢。”

希望……赢？难道 Sever 会输？蓝天捂住嘴巴。

Sever“啧”了声。

“说到 Luck 的妹妹，你还真带着小白妹子上段位？”方回岔开话题，似乎想缓解方才紧张的气氛。

话题竟然绕回了自己身上，蓝天不由自主地竖起耳朵。

室内传来椅子移动的声音，Sever 的声音有些许无奈：“真真假假又有什么关系？”

在这个娱乐至上的年代，辩解苍白，真相无力。

“不要回避问题。”方回阿谀道，“你是不是对人家小姑娘有意思啊？”

门外响起咣当声。

蓝天不小心踢翻墙边的垃圾桶。等 Sever 打开房门，只看见一片飞起的翠绿裙摆消失在走廊拐角处。

蓝天慌乱的脚步声渐行渐远，方回笑着问 Sever：“你是不是要跪搓衣板了？”

Sever 呵了声：“那东西你自己留着吧，身为电竞选手不该跪键盘吗？”

方回一脸震惊。

Sever 淡淡地说：“我只是纠正一下你的常识性错误。”

方回：“？”

蓝天一口气冲下四楼，脚步才慢了下来。她踢起路边一块石子，石子叮叮当当跳进网格状的下水道。这声音淹没在体育馆外嘈杂的人声中。

成年人的感情无声无息，无声地难过，无声地忘却。心领神会后，转身再见。蓝翔留下的阴影让蓝天忽然长大了，同时也失去了面对爱的勇气。

这次猝不及防听见 Sever 谈感情，蓝天害怕几个月的倒追计划像个笑话。

不敢面对，只有逃避，怕自己真的不被选择，不被爱。

她的心情忽然低落起来。

远处橘子汽水电竞青训营的年轻人扎堆在路旁，夏言河带着顶红色鸭舌帽，举着印着俱乐部标志的旗子，声嘶力竭地喊着学员的名字。大巴车发出刺耳的喇叭声。

他们没注意到蓝天，蓝天也懒得再遮遮掩掩，反正早脱了古风男装，抵死不承认就好。

不一会儿，社长带着动漫社那群人也从体育馆鱼贯而出，大红大绿的 Cosplay 服装张扬明艳。大家脸上洋溢着喜气，怀里抱着各种动漫周边。

社长迎面撞上蓝天，眉毛飞上了天："刚刚还在到处找你呢！走，去庆祝！我订了地方！"

蓝天顺理成章地给 Sever 发了一条信息：【我们社要聚餐，庆功宴。不去找你了。】

动漫社后勤部的宅男们在得知获奖消息的第一时间就订好了日租房，这是目前大学生中最流行的聚餐方式。大家买好食材，一起聊天做饭，累了睡觉闲了打牌，其乐融融。

几栋老旧教师公寓矗立在山腰，筒子楼斑驳，爬山虎繁茂。随着四周房地产开发的兴起，教职工渐渐搬离，这片区域逐渐荒凉破败，成了学生最爱的活动聚集地。

“我认识一个化学化工学院的女孩子，他们班级聚餐就订在这里。”蒋南风在队伍里跑前跑后。

蓝天跟着大部队返程，浩浩荡荡地进了学校南门。

蓝天扶着被打了包浆的溜圆铁栏杆，踏着矮矮台阶，推开虚掩的防盗门，惊叹道：“这也太夸张了吧！”

社长租的这房间装修成大气简洁的欧式风格，以黑白灰为主色调。迎面是一台巨型液晶电视，卧室与客厅南北打通，视野开阔。真皮沙发旁是盆紫色干花。

“超赞吧？”社长抽出架子上摆放的一本烫金大书，得意道，“租了四套房，一套一百块钱。平摊到个人身上，十块钱不到。”

“我去看看其他房子。”蓝天从沙发上一蹦而起，迎面撞上外出买菜的社员。他们手里大包小包，只有一人两手空空，烈焰红唇，踩着高跟鞋闯进来。

蓝天僵直着身子，缓缓转身，朝社长竖起大拇指。在X大动漫社最值得庆贺的日子里，社长竟然邀请了秦媚儿！

“高光时刻自然要炫耀给死敌看看。”社长压低声音道。

“她不会来砸场子吧？”蓝天见秦媚儿甩掉恨天高，眼神挑衅，跷着二郎腿，抱胸半躺在沙发上，有些胆战心惊。

“哎哟！功臣来了！要不是你上次帮忙牵线，我们肯定拿不到第一。”社长笑容满面地迎上秦媚儿。

“你们家蓝天不是和Sever感情挺好？”秦媚儿哼了声，“用得着牵线？”

蓝天没想到战火还能烧到自己身上，假笑道：“感情好也是有学姐的功劳！”

秦媚儿瞬间面色煞白。

社长乐得哈哈大笑：“还是我们蓝天懂得感恩。”

这时，蒋南风从厨房出来，看见秦媚儿愣住了，很僵硬地打了个招呼，便匆匆忙忙回厨房帮忙。

秦媚儿和蒋南风两人竟然认识？！蓝天震惊。

外出买菜的人陆续回来，大家开火做饭，聊天打闹。一个男生在菜市场买了几只螃蟹，用草绳捆牢了丢进水池中。

蓝天悄声问蒋南风：“你认识秦媚儿啊？”

蒋南风含糊地应了声，大着嗓门招呼一个男生往锅里放油。

见蒋南风态度回避，蓝天只得从厨房退了出来。

她细细思索，当初蓝翔是蒋南风介绍认识的，秦媚儿又是蓝翔光明正大的女朋友，那是否意味着蒋南风是通过蓝翔认识的秦媚儿?

心脏的某处闷痛了一下，蓝天不敢深究，借口找剪刀溜进书房，悄悄抹了把眼泪。

这时，身后响起关门声。秦媚儿反锁房门，开门见山道：“我想和你谈谈，谈谈莫莜倩的过去。”

过去？蓝天想起在Sever房间内看见的那些照片与泛黄的高中课本。

【媚媚，投喂。】

【媚媚，和另一个男孩。】

【媚媚，8：30 医院。】

……

【媚媚，永远在一起。】

……

清秀隽永的字迹记录的全是与蓝天毫不相干的时光。

“我觉得没什么好谈的。”蓝天抗拒。

出乎意料，秦媚儿脸上冷艳的线条瞬间变得柔和，她微笑着拉起蓝天的手，领着她坐下，亲切地说：“作为学姐，我实在不忍心让你走弯路。我认识 Sever 七年了，是他最好的朋友之一。他是什么人，我心里最清楚，希望你认真考虑。”

蓝天困惑地看着秦媚儿。

“学渣，校霸。”秦媚儿一字一句地道，“从小被送到国外没人管的野孩子，童年缺失，孤僻极端，女生抱着救世主的态度和他相处，只会害了自己。”

在秦媚儿的口中，曾经的 Sever 人缘极差，成绩糟糕，不仅打架斗殴，还是插足他人恋爱的第三者。和认知里的莫莜倩相距甚远，蓝天无法接受：“你说谎！”

“你爱信不信，一个十几岁的少年为什么不和同龄人玩，非要把自己关在房间里，只和电脑交流？我是为你好，才把这些告诉你，你这女孩怎么这样？”秦媚儿直言蓝天不识好人心。

“和 Sever 在一起，被挽救的人一直是我，不是他。”蓝天起身离开。

“老娘好好和你说话，你硬是听不懂吗？再敢和莫莜倩在一起，你会后悔的！”秦媚儿骤然逼近，艳丽浓妆配上略显狰狞的表情，如恶鬼森然。

被秦媚儿吓到，蓝天勉强道：“既然他那么不好，为什么你还和他做了七年朋友？”

“啪”，一个红彤彤的掌印浮现在面颊上，蓝天捂住脸，不可置信地望着秦媚儿，难以想象她居然敢如此嚣张。

即使已经离开原地，走了很远，但一想到自己曾经追过的男孩子会和别人在一起，占有欲就让秦媚儿发疯。

她甩了甩手，恶狠狠道：“要你管！我愿意！我警告你，再不离开他，我就让你身败名裂！”

这时，门忽然开了。

Sever 手里攥着串钥匙，站在书房门口。客厅的光线把他的影子拉得很长，逆光的面容，精致无匹。

“你怎么来了？”秦媚儿的血液都凝固了，勉强挤出个笑容。

Sever 用钥匙开门而不是敲门，显然已试图打开过房门，只是秦媚儿太专注和蓝天的对话，忽视了周遭的细微响动。

“与你无关吧。”Sever 冷漠道。他走上前将蓝天从地上拉起，轻抚蓝天通红的半边脸，眸子内寒冰万丈。

“莜倩，你听我解释。”

“道歉。”Sever 冷冷地说道。

“我……”秦媚儿露出惶恐的表情。

“你不是说我是校霸吗？”Sever 眼内犹如藏着幽暗深潭，慢条斯理道，“校霸可是很没耐心的。”

“对不起。”秦媚儿怯了，对蓝天九十度鞠躬，“请你原谅。”

蓝天难以想象秦媚儿那样骄傲的女生竟会在 Sever 面前如此卑微。这究竟是什么魔法？

没了平日温暖的笑意，Sever 戏虐道：“也许你是因为我叫有钱哥哥，才和我做朋友？”

莫莜倩，没有钱，有钱哥哥？蓝天窘。

大家做好饭，在日租房内摆了四张大大的圆形餐桌。由于是自行购买的食材，所以菜品五花八门。社员们抱着碗，东桌夹一口牛肉，西桌吃一只鸡腿，有说有笑，欢乐无比。一个女生站在蓝天身后，越过蓝天的肩膀，艰难地夹起块鸡排。蓝天毫无食欲，干脆起身，将位置让给了她。

蓝天悄然离席，坐在小区花园内，粗大的葡萄藤占据着回廊里镂空的墙壁。

看着头顶璀璨的星空，她越想越委屈，她还不是 Sever 的女朋友，凭什么莫名其妙挨一巴掌？秦媚儿是个神经病吧！自己有男朋友还管那么宽！这已经不是吃着碗里的想着锅里的了，简直是吃着碗里的霸着锅里的！

老旧小区花树繁茂，虫鸣清脆。也不知坐了多久，她身后忽然传来一道熟悉的声音：“你没什么要问我的？”

Sever 站在蓝楹树下，浅浅一笑，身侧落英缤纷。

蓝天小嘴翘得能挂油瓶，侧过头不看他：“没有！”

Sever 嗤笑一声。

忽然一阵冰凉触感自面颊传来，蓝天转头，见 Sever 手指夹着瓶啤酒，晃晃悠悠地递到她面前，说道：“学渣、校霸、孤独，这些名词在我身上出现，你难道不好奇吗？”

“当她告诉我这些时，我反倒放心了。”

“哦？”

“难道你没发现自己太完美了，完全不像个正常人吗？16 岁全国第一，被称作电竞之王；外国语学院学神，同传翻译准确率高到可怕，工作能力很强。”蓝天细数，“还不加你平时长跑、游泳、摄影得的那些奖项，可不完美才是正常的，而你太不正常了。”

她欲再说，忽然 Sever 对她粲然一笑，那一瞬如朗月入怀，三千繁花静静开放。蓝天怔住，忘词了。

从 X 大的山腰上的教师公寓往下望，公路上的车流如金色血液汩汩流淌，蛛网纵横的城市中心，伫立着一座高塔状的大厦。

“看见那栋建筑了吗？”Sever 好听的声音在身旁响起，他指着远处市中心的高塔状大厦，“那是我家的。我母亲是 X 市知名女企业家，一生以事业为重。在我未出生时，父亲在工厂做工时意外死亡。我妈一个孕妇无收入来源，只能借债度日，摆地摊，而后阴错阳差开了家自己的服装店，又做了服装厂，最后产业越来越大，公司业务发展到了房地产和互联网。”

原来，Sever不仅有颜有才，还是个隐藏的富二代，蓝翔和他比起来简直是蜉蝣与巨树，微粒与宇宙！

蓝天终于有些理解秦媚儿对Sever的苦苦追求和对自己莫名的憎恨了。毕竟这样一个优质男，即使不被自己收入囊中，也不能便宜了他人，毁了最好。

蓝天张大嘴巴：“等等，你爸爸不是莫教授吗？”

“我母亲这辈子为我做的最大牺牲就是嫁给莫教授。”Sever说道，“我八岁时，她从众多追求者里选了莫教授，认为对方是知名教育家，能给我最好的家庭教育，可第二年我就被送去国外了。”

“为什么？”蓝天哑然，一个孩子，不该和莫小野一样待在父母身边吗？

“莫教授当时的研究课题是二语习得，意思就是孩子可以凭借本能在环境中自动习得任何一种语言，无须刻意努力。而人一旦成年，即便耗尽一生，待在远离母语环境中，也只能勉强赶上孩子的语言水平。我啊，会七种外语，英、法、德、俄、中、日、西班牙语流畅切换，是个试验品。”Sever自嘲地笑笑。

“怎么做到的？”蓝天惊呆了。

“我去过很多国家。在美国，西班牙语是第二语言，我留学第二年便掌握了；法、德、俄语是拉丁语系的，语法词源相近，只要多练习多思考，不是问题。”

“那样的童年真是太棒了！”蓝天拍手，满眼憧憬。

“是吗？”Sever 无奈地笑笑，“很多人都这么说。”

“你不喜欢吗？”蓝天哑然。

“谈不上喜不喜欢。”Sever 的身影透着股孤独。

蓝天想起 Sever 家墙上挂着的那些照片透着股苍凉感，眼前仿佛出现了幼时的 Sever，他拖着沉重的行李箱，不安无助地站在纽约市的街头。他走过鳞次栉比的商业街，站在自由女神像下仰望星空。虽然他的足迹遍布世界，却没有家。

原来每堂课心心念地将莫莜倩的名字挂在嘴边的莫教授，只是在一刻不停地炫耀自己完美的试验成果。蓝天悲从中来。

“之后回国上高中，我妈是 X 市知名女企业家，X 市的纳税大户，一个女人单枪匹马在商海杀出一条血路，总有些人眼红说三道四。”Sever 耸耸肩，“高中时，不知怎的，我性格叛逆。很多男生看我家司机开着保时捷在校门外接我，便满嘴污言秽语，污蔑我母亲，所以我经常和他们打架。”

“我理解你，要是我，我也会找他们理论。”蓝天义愤填膺。

Sever 继续说道：“我不仅为自己，我还为学校外的流浪猫打过架。”

蓝天：“……”

Sever 微微一笑：“少年人叛逆，爱用武力惩奸除恶。”

蓝天被 Sever 逗笑。砖红色的筒子楼在绿树掩隐下发出昏黄的暖光，一扇扇窗户如一只只明亮的灯笼。微风吹起鬓发，蓝天的心被夜色融成了一湾温柔。

在这个平凡的夜晚，蓝天第一次和 Sever 探讨过去，时光的波涛息止，在脚畔浅浅徜徉。她似乎触及了那个孤独桀骜的少年，脑海灵光一闪，问道："媚媚是谁？"

秦媚儿和媚媚似乎不大一样。

"什么？"Sever 瞟了眼蓝天。

"你高中课本上写的那个名字啊。上次我去你家看见的，每一页都会写的那个名字。"

"放学路上的野猫。"

蓝天窘，媚媚果然是只猫啊。在课本上随手写的日常里，秦媚儿被投喂这个动词修饰，于情于理不通。

"你真是个很善良的男孩子呢。"蓝天感叹。

Sever 心中一动："很少有人这么说。"

"平常大家都怎么说？"

"魔王。"

蓝天笑弯了腰。从这个视角望去，Sever 的头发犹如墨玉，薄唇在月光下泛着朦胧水色。蓝天心里翻滚起一个很邪恶的念头——这样亲 Sever 一下，秦媚儿会不会气炸？

恰巧，Sever 的头转了过来，二人的嘴唇轻轻擦过。

就像过电似的，蓝天整个身体战栗起来，大脑空白。

沉默中起风了，树叶沙沙作响。在大片的黑暗中，似乎有什么东西破碎了，正缓慢被拼接，气氛瞬间暧昧。

蓝天不由自主地回味着方才嘴唇的触感，软软的，微凉，心里涌出像幼时第一次吃到果冻时的那股子欣喜。

Sever 猛地站起来，步伐有些慌乱，声音疏离而克制：“我想起自己还有事。”

蓝天身体僵直，未有任何回应。她的脸在黑暗中缓缓变成熟透的苹果，直到 Sever 的身影消失在单元房的路灯下，她才猛拍面颊，尖叫起来。

刚刚发生了什么？！

简直难以想象！她亲到了 Sever!

不，不，这是误会！这只是误会！

振作！蓝天！振作啊！

这一瞬间大脑内的想法出奇地多，杂乱如蛛网。她和 Sever 似乎还和以前一样，又似乎早已不一样了。

直到路灯下出现了一个最不该出现的身影，蓝天才恢复镇定。

蓝翔穿着件橙色卫衣，叼着烟，歪着脑袋打电话，情绪似乎不好。

秦媚儿高傲地仰着头，一双恨天高在低矮的楼道里踩得咚咚响。蓝翔狗腿地迎上去，但秦媚儿对其不理不睬。

二人似乎起了什么争执。蓝翔有些狼狈，身影在银杏树飞扬的落叶中渐行渐远，最后消失在夜色中。

夏末秋初，夜微凉。红色筒子楼灯火通明，爆发出阵阵笑声。

蓝天忽然感叹，时间真是个好东西，她竟然连揣测二人争执原因的欲望都没有了，内心平静如水。

伤害会消失，痛苦会泯灭，人总要往前走。往昔的阴影消失，她忽然开心起来。

回到日租房，社长一只脚踩在凳子上，吆喝着玩了好几轮桌游。见蓝天从旁经过，她立马将其强拉至桌边，一把将蓝天摁在椅子上，喜笑颜开。

蓝天脸上热度未消，唇上仿佛还残留着一丝男性荷尔蒙特有的味道。她正神游时，背后忽然传来一个凉凉的声音：“让她过来，我有事找。”

社长见是Sever，满面春风道：“可以，你们聊，好好聊。”

她分外狗腿地帮Sever拉开书房门，微不可查地朝蓝天做了个加油的手势，遭来蓝天一个大大的白眼。

“过来打盘游戏试试。”Sever已恢复往日常态，朝蓝天招了招手。

蓝天听见身后社长反锁房门的声音，心内一沉。

她面红耳赤，紧抿嘴唇，“嗯”了一声，半晌才分外艰难地移动到Sever身旁坐下，没话找话：“你下午约我做什么？还追到这里来了。”

“你不是想约我参加《诡灵》百强赛吗？我自然要测试一下你有没有这个资格。”Sever眼角眉梢带着淡淡笑意。

天啊！他竟然不打算和Luck合作？他竟然拒绝了方回的提

议？他竟然收到了那条短信？

蓝天激动到无以复加，肾上腺素飙升，摆出一副即将上沙场的架势，拍拍胸脯问道：“怎么测试？”

Sever登录蓝天的《诡灵》游戏账号，苗疆蛊女小小的身影出现在屏幕中央。他指着地图上的一个小点“傀蟆大漠”，说道：“在伏击之下幸存算合格。”

傀蟆大漠，《诡灵》中的帮派征战之所，黄沙漫漫，残垣折戟，一派肃杀荒凉的古战场之景，周末这里经常爆发大规模帮派战争，尸横遍野。平日玩家多在此做任务，运送物资，“人头狗们”躲在古城的断壁残垣之中，如一条条眨着猩红之眼的毒蛇，随时准备咬上路过玩家一口，截镖越货。

与以往游戏隔着网络不同，这次Sever坐在蓝天身旁，她的一举一动都被尽收眼底。

蓝天心跳加速，操作略显慌乱，方才在黑暗中无意亲吻到Sever的那幕又浮现在脑海。她红着脸，梗着脖子注视着屏幕上的进度条，克制着不去看Sever。

眼前黄沙弥漫的颓败古城在艳阳之下反射着强烈的白光，恍若天边缥缈的海市蜃楼。蓝天用鼠标调整了下视角，还未站定，便见废弃的土灰色墙垛旁冲出两名刺客，化作两道虚光，朝她激射而来。

蓝天已不是萌新小白，突发事件出现的第一时间，她点了冲刺技能，脱离了攻击范围，但对手显然胜券在握，一前一后不紧不慢地追击。

《诡灵》动画特效极好，此时狂沙漫天，灰蒙蒙一片，人物行进附加减速效果，让蓝天与追击者之间的距离越来越小。她大呼倒霉，只得掉头硬刚。

短兵相接，刀光剑影。

对手相当驾轻就熟，还带了恢复血量的药水。蓝天一个回马枪杀过去，双方胶着缠斗。

不一会儿，又有两位敌方阵营玩家从旁杀出。蓝天顿时陷入极其不利的境地，她转头逃向复活点。

眼见必败无疑，Sever 警告蓝天："逃跑的话就输了。"

"谁说我要跑，我在等人！"蓝天说道。

傀螟大漠内不时有玩家现身，有敌方阵营的，亦有己方阵营的。蓝天跑到传送点旁，赌下一个出现的人为己方阵营。橙光微闪，一位手持翠绿竹笛的己方萝莉女侠踏烟而来，见一群人围攻蓝天，顺手给蓝天丢了个补血增益技能。

如久旱逢甘露，蓝天瞬间振奋精神，千万寒芒，一针封喉，蓝天瞬杀二人。其他人审时度势，顷刻撤退。

蓝天私聊路人萝莉，发了个笑脸以示感谢。

"运气好罢了。"蓝天迎上 Sever 赞许的目光，腼腆道。

之后她们又在野外遭遇了好几拨"人头狗"的攻击，蓝天在 Sever 的指导下技术越发精进。

透过窗棂，远方灯火飘摇，高楼影影绰绰，夜色如一张大网，笼罩整座城市。书房外，社员们吆喝声渐小，最终归于沉寂。墙壁上时钟的嘀嗒声被无限放大，成为深夜最寂静的旋律。

Sever 趴在书桌上，不知什么时候睡着了，纤长睫毛微颤。

恍惚回到很久以前，在某个白鸽飞翔的日子，昏黄夕阳被拉得很长，她坐在教室里，白衣少年在课桌上浅眠。

铅笔划过纸面，发出沙沙的声响。

她一直背对着少年，那身影如烙印般刻在心上，面容模糊，却深埋心底。

蓝天努力地回想，却不曾记得有这样一个人存于记忆中。

她内心安定，侧头看着 Sever，不自觉地勾起一丝微笑。一股淡淡幽香沁人心脾，方才 Sever 的声音温柔得像冬夜飘零的落雪："我们两个一起参加。"

不是 Luck，不是桃子，而是她。

蓝天心里暖暖的，拿起条夏凉被盖在 Sever 身上，心中仿佛装着只激动雀跃的小鸟。她用手指隔空描摹 Sever 的面部轮廓，楼下院子的那一幕又鬼使神差地浮上心头，她忍不住用嘴唇轻轻扫过 Sever 的额头。

夜很深，这一幕深埋在梦里。

接下来的日子，蓝天尽量避免和夏言河单独接触，好在他似乎已将 China Joy 那日的事抛之脑后。全体学员没日没夜地训练复盘，生活单调又紧张。

大浪淘沙，一个月后只剩十余名学员，蓝天侥幸成为其中之一。由于进步神速，她被其他人戏称为“外挂”。

“有几家著名电竞俱乐部的经理会前来观摩淘汰赛。”夏言河开了最后一次动员大会，“希望各位好好表现，都有好前程。”

惨烈厮杀从早晨一直持续到日头西斜，等几轮淘汰赛结束，蓝天从橘子汽水电竞青训营的矩形办公大楼走出时，血红夕阳铺满了来时的水泥路。

作为唯一的女电竞选手，蓝天如释重负，以列位第七的排名从训练营顺利毕业，但新的挑战又似一座大山耸立在眼前。

看着布告栏上那张大红略显俗气的海报，蓝天怅然若失：“太差了。”

“你是故意拉仇恨的吧！”一位已被淘汰的学员说道，“我们羡慕都来不及呢。”

虽然夏言河反复强调女人参加电竞比赛毫无前途，但长相姣好的女孩稍微包装下，便能聚拢大量人气，比男电竞选手更能引发噱头。以蓝天目前所展现的资质，签约 Grace 战队和 AD 战队大有希望。其他人对她表现出的惴惴不安，十分费解。

蓝天摇头，虽然她在训练营的成绩看似很好，但与顶尖电竞选手碰撞切磋，差得不是一星半点。这几日她与桃子在《诡灵》游戏内单挑，胜少败多，如何能赢过凛城，和 Sever 一道重获荣光成了一大难题。

虽然，Sever 表现得不动声色，但蓝天已陷入焦虑之中。之后几个星期，她挤出所有空闲时间，和Sever线上打配合，周末则在家拉着Luck通宵电竞。Luck抱怨蓝天的疯狂训练计划已严重波及了他这个无辜之人。

“哥，其实从十九年前，你就严重侵犯了我的肖像权。”蓝天耍起无赖，拉住Luck的手臂撒娇，“如今要点补偿，不是很正常吗？”

“走开，你哥我玉树临风，和你这丫头片子长得一点都不像！”Luck丢掉电脑键盘，准备罢工。

“那你还和我抢男人！”

“赶紧抱着你的Sever有多远滚多远！”Luck被触到底线，爆发了，拿起床上的一只枕头朝蓝天砸去。

蓝天敏捷地闪开，将照片拍在桌上，憋笑憋得辛苦：“看，这就是证据！”

Luck瞳孔微缩，迅速拿起照片，一脸不可思议。

这是张清晰度极高的照片，Sever在滚滚人流之中牵着Luck的手，整个人玉树临风，温润有光。而Luck黑发如漆，一袭古风华服，凤眸流转，美得张扬又锐利。二人气质反差极为强烈，凝视对方的目光时，似在滚滚红尘之中，穿梭了千年。

Luck凑近照片仔细瞧了又瞧，发出愤怒的咆哮声：“蓝天！你竟然穿着古风衣服冒充我和Sever牵手？”

蓝天躲开丢来的枕头：“我没有！真没有！”

“那这是怎么回事？”Luck质疑。

这几日，蓝天照常训练，忽然收到了来自社长的惊人消息——她红了！

宿舍熄灯半个小时后，枕边的手机嗡嗡作响。

蓝天闭着眼，迷迷糊糊地按了接听键。社长的声音在那头炸响：“你火了！你火了！你火了啊！”

蓝天一个激灵弹起身子：“什么意思？”

“你的 Coser 照在网上火了啊。”社长激动到语无伦次，“我给你编了个百度百科！星辰大海！我们的目标，星辰大海！”

蓝天一个趔趄差点从爬梯上摔下，摸索着打开电脑。

响动惊醒了其他舍友，蒋南风睡眼惺忪地问：“蓝天，你到底在干吗？”

蓝天握着鼠标的手微微颤抖，迫不及待地打开浏览器，输入一个在 ACG 界特别有名的网站。上次拍的 Coser 照片分明没有引起任何关注，究竟发生了什么变故，让他们一夜爆红？

蒋南风从床上下来，凑近电脑，激动得声音都变了：“蓝天！这不就是你吗？”

某知名电竞 App 首页正中竟然是蓝天的 Coser 照。评论区吃瓜群众沸腾了，“彩虹屁”吹得震天响：【Luck 绝美。】

蓝天断然道：“应该不是。”

蒋南风：“骗人。”

“没骗你，我哥若变成女人肯定没我这么好看。”

蒋南风：“……”

原来真正火的是那天漫展上蓝天与 Sever 的同框合照，当时蓝天试图从侧门离开漫展中心，被橘子汽水电竞青训营的两位学员围堵后，Sever 上前解围。不知是哪个围观群众私下用手机拍照，角度意境恰到好处。乍一看，爱意涌动。

照片中，Sever 和蓝天的下半身被人群遮掩，被网友直接 P 成二人十指交握，配文：【惊！ Luck 和 Sever 十指相扣出席活动！】

网友调侃：【钢铁直男 Luck 竟然改行当了 Coser ！】

由于蓝天与 Luck 是孪生兄妹，长相上有七八分相似，又刻意扮了男装，妆容上突出冷峻大气，恍惚间令人认为照片上的人就是 Luck 本尊。

Luck 和 Sever 关系冷淡，二人即便同框，也少有互动，这让网友炒 CP 的事业遭遇了前所未有的阻碍。而这张照片简直给广大人民群众提供了新的精神食粮！新一轮恶搞浪潮疯狂发酵，后续各种恶搞 P 图笑得蓝天满地打滚。

Luck 愤恨道：“你以后离 Sever 远一点，不要和他来往！”

“哥，我有个办法让大家不再这么无聊。”

Luck 冷哼：“什么办法？”

“你以后可以多和 Sever 联系，多给公众展示下你俩之间伟大的友谊。哥哥弟弟携手走花路，共赴电竞高峰！官方发图多了，这样匪夷所思饥不择食不讲逻辑的荒谬举动，自然就少了啊！”蓝天振振有词，“所以，根源还是在你自己身上。”

Luck：“……”

某周六下午，AD 战队和 Grace 战队一同参加新品发布会。

会场里红绸漫天，彩旗飘飘。

观众席前排坐着市里领导和公司高管，后方则是重量级嘉宾。Luck 一改平日冷漠态度，竟然主动坐在 Sever 旁边。

媒体记者顿时如打了鸡血，纷纷将镜头对准他们，大屏幕上出现二人相谈甚欢的画面。

周遭队友们亦屏息凝神，见证这历史性的一刻。

“离她远一点。”Luck 怨气冲天，“没看见网上的那些流言蜚语吗？”

Sever“嘁”了一声：“看见了，我牵的又不是你。”

谁都知道我们关系恶劣，谁都知道那其实是位叫蓝天的 Coser。

“他们说是我。”Luck 小声说道。

“他们还说我们结婚了，你信吗？”Sever 表情略鄙视，“幼稚。”

Luck 面子挂不住，指了指自己的黑眼圈，威胁道：“那你还带蓝天参加《诡灵》邀请赛？！知不知道现在我都快沦为陪练了！再有下次，不仅让你也睡不好觉，还下不了床！”

“随时奉陪。”Sever 笑容和煦。

二人对视的眼神，似有火花迸溅。

后排盯着大屏幕的粉丝与观众发出阵阵歇斯底里的尖叫声。

而坐在 Sever 和 Luck 身侧的 AD 战队队员全体噤声，偷偷交流：“他们什么时候进展这么快了？”

一个思路较清晰的队友压低声音问道：“她是谁？”

Luck 方才谈话中莫名提到一个“她”，这个人拉着 Luck 通宵打游戏，导致 Luck 迁怒 Sever。

谁能强迫 Luck 打游戏？曾经在万人直播，主办方盛怒的状况下都撂过挑子的 Luck，竟然能被逼着打游戏？以 AD 战队成员对 Luck 的了解，这人根本不存在于世界上。他们开始怀疑是会场内音乐声太大，导致集体幻听。

最后另一个人成功地引开话题：“重点不是下不了床吗？”

众人：“……”

Chapter 6

/ 暴雨将至 /

可他又失败了，时光不是条平静的小河，它掀起惊涛骇浪，翻起回忆，将他重新变回那个孤独又沉默的少年。

经过一段时间紧锣密鼓的筹备，线上《诡灵》百强赛拉开帷幕。

功夫不负有心人，蓝天不仅摆脱了“场上尸体”的定位，技术越发精进，而且有时以一敌二，也不落下风。

“电竞意识很强。”Sever 赞许道。

高超技巧并不稀奇，只要勤加练习，就能成为本能，但电竞意识却是求之不来的天赋，它考验的是对整体战局的预判。蓝天不禁有些小得意。

二人过关斩将，小组赛位列第一。《诡灵》主办方在网上混战结束后，公布了决赛名单。

进入六强的队伍将在万人运动场角逐冠亚军。

为营造神秘氛围，除了 Sever 这尊大神，主办方没有透露其他选手的身份信息，观众们不知道凛城将借百强赛复出。而方回虽未明确干预 Sever 选择搭档，在营销上却刻意让人误会蓝天这个 ID 后是 Luck，赚足了噱头。一旦粉丝们知道她是个冒牌货，蓝天难以想象自己会面临何种境况。

像漆黑沼泽中埋藏了数颗威力巨大的核弹，任何一个被引爆，都会掀起飓风海啸。

而有一人恰恰相反，她采取自曝的方式出现在大众眼前。夜夕夕作为名不见经传的素人，照片一夜间出现在各大论坛贴吧首页。欧式双眼皮夸张又娇媚，公主泡泡裙衬得肤若白雪，身姿摇曳，举手投足尽显网红气质，虽长相无辨识度，却是所有直男最爱的那款，她被吹捧为“电竞第一美女”后，一时风头无两。

作为《诡灵》游戏最大帮派的副帮主，夜夕夕参加百强赛并不令人惊讶，只是她竟未与凛城组队，蓝天不禁有些愕然。

现场决赛采用抽签的方式决定对手。好巧不巧，蓝天的第一个对手是夜夕夕。

比赛会场设在省会 A 市。碧绿的草坪上，外形如水滴的体育场馆反射强烈的白光，如一只跳跃欢腾的鲸鱼宝宝。白鸽盘旋，场馆内皆是乌泱泱的人群。

观众的目光集中在两间预先放置在体育场中央的玻璃房上，其上盖着大块黑布。

根据比赛规则，参赛双方在全封闭的黑色玻璃房中竞技。胜负揭晓的那刻，观众才会见到竞技者真容。

蓝天站在通向玻璃房的黑暗甬道中，适才后知后觉地发现自己一直以来的努力方向错了。

她要锻炼的不是技巧，而是自身心理素质。

听着甬道外的声音，蓝天的身体控制不住地战栗起来。

忽然，掌心传来触电感，一股暖流顺着血管汩汩流淌。

蓝天倏然抬头，撞上 Sever 发光的眸子，一股男性特有的独特气息萦绕身侧。

Sever 轻声安慰：“别怕，我在。”

虽是例行公事的鼓励，可蓝天的心脏依旧怦怦乱跳，整个脖子都泛了粉红，倔强道：“我才不害怕呢。”

“那这是？”Sever 一副调侃的神情。

“我是兴奋得发抖。”

Sever 笑了。

“你这是在嘲笑我吗？”蓝天有点生气。

“估计这盘打完又要谢我了，可不要颁什么好人卡。”

这个梗是过不去了吗?

也许是天光太暗，也许是气氛太浓烈，蓝天的脑袋晕乎乎的，鬼使神差地向前迈了一步，抱住了 Sever：“这样感谢总可以了吧？”

火一般的热情烧遍整个体育场，各种应援灯牌和旗帜满天飞舞，直播镜头覆盖了整个会场。

此时，蓝天搂住 Sever 的腰，脑袋侧着贴在他的胸膛上，一股男性特有的淡淡荷尔蒙气息萦绕鼻间。这一刻，她和 Sever 无比贴近，仿佛两颗孤独的星球相遇了。

世间变得只有一个节奏，一种律动。

忽然，蓝天被 Sever 拉正了身子，动作中透着股无端的凶狠，似乎在隐忍什么。

蓝天适才霍然惊觉，主持人已开始致辞，激动而高昂的声音回荡在体育场馆内。

她有些狼狈地跟着 Sever 走向甬道尽头。

玻璃房内陈设简单，只有两台高配置电脑，幕布阻绝了所有视线，无边的欢呼声如浪潮一般。

蓝天深吸一口气，戴上耳机，盯住液晶屏上的倒计时，握紧鼠标。

屏幕里夜夕夕和搭档的身影出现在论剑台上，与蓝天操控的苗疆蛊女相对而立。

全场沸腾，弹幕覆盖整个屏幕：【Luck 威武！ 666 ！】

蓝天担心一会儿幕布打开，大家发现里面的人不是 Luck，不知会作何反应。

应该会是大型翻车现场。

苗疆蛊女手握银针，先远程释放大招，打法上异常犀利，毫不拖泥带水。三道蓝光笼罩夜夕夕，她迅速后撤，却不幸被蓝天预测了闪避路径，血槽霎时空了一大半。

夜夕夕气急，等技能冷却脱离控制后，不顾后果地朝蓝天正面冲来。这种自杀式走位自然换不来什么好结果。Sever 当即替蓝天扛下伤害，随后白衣剑客银剑化形，墨意纵横，夜夕夕应声倒地。

几乎是同时，夜夕夕的搭档也被 Sever 干掉。

网友发出队形一致的弹幕：【Sever 懂事。】

主持人洪亮的声音响彻整个体育场：“蓝天和 Sever 获得胜利！”

彩带齐飞，黑色幕布被打开，观众的目光霎时集中在体育馆中央。蓝天和 Sever 并肩朝观众鞠躬致意。

体育场寂静了一两秒，期待的目光凝滞住了，观众面面相觑。

整个会场中央仿佛出现了一个无比巨大的黑洞，吸走所有的光与热，欢呼声戛然而止。

蓝天感受到沉默中缓缓渗出的尴尬。

现场视频通过网络到达无数人的屏幕前，引发了观众空前绝后的情绪波动！

弹幕大军瞬间崩溃：【说好的 Luck 呢？竟然是个萌妹子！】

当然最为惊讶的还数 AD 战队成员了，方才气定神闲坐在 VIP 看台上的他们，情不自禁地全体起立。Sever 居然会和妹子合作打电竞？这不科学！

凭空出现的女孩子究竟是何方神圣？Sever 拒绝与电竞女神呦呦合作的场景还历历在目呢！队员们灼热的目光似要在蓝天身上灼出大洞。桃子抱着头，喊了好几个“天啊”。

“我说怎么这么眼熟！”一个队友脑中灵光一闪，“她不就是上次比赛时说我们作弊的 Luck 的女朋友吗？”

一石激起千层浪，所有人露出恍然大悟的表情。

“快看！我有重大发现！”又一人惊呼。手机屏幕上显示的是社长几天前给蓝天编辑的百度百科。

蓝天，就读于X大，新晋人气Coser，大型古风场景剧《大唐长风》的男主角，作品获得China Joy一等奖。页面下方展示了她身着古风华服的照片。

所有人的目光聚焦在“男性”和“X大”这两个关键词上。

“老大和Luck不也是X大的？”桃子试图从共同点中找到突破点，“蓝天这个名字这么频繁出现，说他们没联系我都不信！”

“为什么Sever要带着Luck的前女友打比赛？妹子真名叫什么？不会就叫蓝天吧？”无数疑问自队员心中升起。曾经，他们出于对Sever的信任与友谊，艰难地接受了这段旷世之爱。而如今更惊人的感情纠葛在这个平凡的午后，如一只蛰伏的巨兽，朝他们睁开猩红的眼睛。

一群人疯魔了。

很快几人亮相完毕，进入采访环节。

主持人笑眯眯地拿着话筒，凑近蓝天，面向观众，问道：“这位小姐姐叫蓝天？”

蓝天点头。

体育场内响起零星的掌声。

“Luck的真名叫白云，你叫蓝天，蓝天白云，你俩不会有什么关系吧？”主持人问道。

不等蓝天回答，网友们全被《诡灵》主办方的套路恶心到，发送弹幕：【这是溜粉！】

“你们不会是情侣吧？这名字很像情侣哦！”主持人夸张地张大嘴巴。

蓝天背着手，腼腆道：“白云是我哥哥。”

“不会是假的吧？”

“真的。”

“表的？”

“亲的。”

“我猜在座的各位观众和观看直播的网友，现在一定都不相信你说的，要不讲两件 Luck 平时的趣事自证下。”

蓝天汗颜，《诡灵》百强赛的主办人方回真是个精明的商人。即便没能让 Sever 和 Luck 合作，亦要最大限度挖掘爆料，吸引流量。

她随口抖出 Luck 上学时尽人皆知的糗事，观众哄然大笑，气氛有所缓和。

而网上掀起比方才更热烈的讨论，“Sever 带 Luck 的孪生妹妹打比赛”这个词条一度冲上热搜，广大粉丝热泪盈眶。

众所周知，Sever 和 Luck 这两位知名电竞选手关系极差，若一同参加活动，大概率只是普通工作关系。知名电竞选手很少提携名不见经传的新人，Sever 能放下身段和 Luck 的妹妹一同比赛，只能说明 Luck 和 Sever 私交并非传闻中那么恶劣。

今天这顿糖，众人嗑得一波三折。

原本都知道是假糖，万万没想到不仅假还满是玻璃碴儿，可竟然大反转了，玻璃碴儿中捡出了真糖！

哥哥弟弟携手走花路是真的！情深意重啊！粉丝们激动、兴奋、痛哭流涕！

AD 战队队员通通石化。

桃子犹如思维迟缓的巨怪，茫然地重复道：“哥哥？”

这一简单的事实在所有人的脑海里回荡着，却无论如何都无法接受。

《诡灵》百强赛 VIP 休息区大门外，蓝天撞见等候已久的夜夕夕。

“居然是你。”夜夕夕冷着脸，靠在墙壁上。

“真巧。”蓝天点头。

方才观众们不自觉地将台上的两个女孩子比较，蓝天匀称娇小，很是可爱。而夜夕夕因为以前修图厉害，此刻身材缺陷暴露无遗，被网友出言嘲讽后，她脸都绿了：“没想到你居然是 Luck 的妹妹，真是资源好。”

她毫不掩饰对蓝天的敌意。

谁能想到这个蓝天竟然是大神的妹妹，而那日帮她出头的竟然是大神 Sever 本尊！夜夕夕嫉妒。

没有得到凛城的爱，夜夕夕用尽一切阴毒词汇诅咒。直到她威胁将暧昧短信曝光到网上，凛城才答应给予补偿，让夜夕夕参加《诡灵》百强赛，搭档是Wings战队的一个二流电竞选手，与Sever相较，实力相差悬殊。

夜夕夕在心底冷哼一声，若观众们能透过幕布看见方才台上的选手，便知这是场毫无悬念的对决，摇旗呐喊何等愚蠢。

“帅哥，你就不怕被人拖后腿？”夜夕夕忽然将矛头对准Sever道，“凛城想借此机会复出，他可是很厉害的，你不怕输给他吗？”

原本这是次完美复仇。凛城击杀掉Sever，夜夕夕打败蓝天，结果事与愿违。凛城对夜夕夕的实力持质疑态度，拒绝组队。夜夕夕所憎恨的真是蓝天吗？不，不是蓝天，也不是凛城，而是她自己，弱小的自己。于是，她向Sever抛出了最尖锐的问题。

罕见的是，Sever这次很坦诚：“怕吧。”

夜夕夕得意又鄙夷地看了蓝天一眼：“你们也不过如此。”

“可害怕又怎么样，我还是选择和她在一起啊。”Sever略带忧伤道，“和凛城比，我真的很没事业心，抱歉。”

夜夕夕：“……”

蓝天望着夜夕夕消失在漆黑甬道尽头的萎靡身影，惊觉Sever撩人的功夫又更加精进了。

当晚，《诡灵》百强赛前三强选手已全部出炉。凛城和Grace战队队长51组队，受到极大关注，《诡灵》这款游戏的热度上升到了新高度。

由于是51与Wings战队创始人凛城的强强联合，他们各自所在队伍的队友也纷纷捧场。蓝天看见了哥哥Luck的身影。

晚餐时分，三张横亘在宴会大厅的超长白色餐桌上摆满了山珍海味，巨大城堡蛋糕上，公主飞扬的裙摆旁是只撒欢奔跑的小狗，红酒在玻璃器皿内冒着红色泡泡。

一些知名主播以及数据分析师不停和Sever打招呼。蓝天跟随着人群夹取食物。她兴趣缺缺，只吃了几口便满腹心事地放下筷子，其间去了几趟厕所。在酒店的花园内发了半晌的呆后，她才鼓起勇气敲开方回的房门。

方回打开门，对她的来访倒是未表现过多惊讶，笑着请她喝茶。

嫩绿的茶叶在透明茶壶中沉浮，氤氲出雾气。手掌摩挲着杯壁，蓝天问出心中郁结："Sever真的输给过凛城吗？"

虽然下午面对夜夕夕时，Sever有调侃成分，但蓝天并不怀疑他说了实话。他是真怕输给凛城。

"是Earth输给了凛城。"方回纠正，"人这一生总会面临失败，即使是再成功的选手，都免不了失败，但他已经不是曾经的Earth了，他是Sever。"

曾经Sever用Earth这个名字在电竞界叱咤风云时，还只是个15岁的少年，被凛城用阅历与经验压制后，一意孤行退役了。

蓝天的目光凝滞在一片缓缓落入杯底的茶叶上。

"虽然很不光彩，但这才是真相。"方回说道。

"听你的话，感觉你对Sever赢凛城很有信心。"蓝天道，"可为什么还要坚持让他和Luck合作？岂不是很没必要？"

"我是个商人嘛！"方回狡黠一笑，"自然想要利益最大化。

他已不是曾经的他，就看你还是不是曾经的你。”

“我担心自己做不到。”蓝天低头。

“他很强，但太在乎输赢。几年前他退役不仅是因为年龄瞒报，还因为缺乏经验。Sever 选择不拉 Luck 下水，而始终和你打，也许是因为他信任你吧。”方回温暖一笑，“希望你不要辜负他。”

蓝天怔住，点点头。

第二天的比赛还是在体育馆内举行，气氛较昨天更热烈，呐喊声如盘旋飞翔在头顶的飞鸟般嘈杂。

蓝天深呼吸，站在甬道尽头。

对于今天这场比赛，她辗转思考了许久，结果不是赢便是输，又有什么可怕的？豁出去了！

但就在她下定决心的这一刻，意想不到的事情发生了。

她的腹部忽然抽痛了一下。

蓝天蹲下身子，皱眉，情不自禁地拽住身边 Sever 的衣角。

“你怎么了？”Sever 俯下身子，关切道。

蓝天轻轻地摇了摇头，额头上沁出一层细密的汗珠，周遭一切变得陌生，阳光下的体育馆泛着白光，会场的欢呼声仿佛巨大旋涡，吸走了她最后一丝力气。呼吸声霎时变得粗重起来，她的所有注意力都集中在肚子上，痛得想打滚。

“让我们用十二分的热情，期待《诡灵》百强赛的终结之战！”主持人激昂的声音越发遥远，仿佛消散在宇宙无垠空间内的微弱信号。

天空昏暗，星光沉没，蓝天再也看不清眼前的甬道。

Sever 的声音隐约在上方浮现，充满担忧：“要不要休息？”

蓝天虚弱地摇头，她不清楚自己是如何坐在了电脑旁的。

接下来的比赛，她几乎是凭着本能在打，汗水打湿了鬓角，渐渐的，眼前越来越花。

她仿佛一只被发射到太空的小小探测器，俯瞰着蔚蓝地球，越飘越远，飞过木星的环带，遥望着火星玫瑰色的眼睛，渐渐地消失在可怕的黑暗中。

最后，在无边璀璨的星海里，她陷入了永恒的静谧。

没入虚空的前一秒，蓝天似乎感受到了一丝温暖，似乎有人在很远的地方呼唤着她的名字，要求暂停比赛。

秋日的凉意伴着绵绵细雨，染红了道旁枫叶。一夜之间，烈阳消逝，路上行人换上厚厚的针织衫，神色匆匆。

蓝天缓缓睁开眼，空洞的墙壁上蜿蜒着几条细小裂纹。医院刺鼻的消毒水味浮动在空气中，她艰难地转头，撞上社长惊喜的眸子。

社长坐着打瞌睡，听见异动，睁眼拍手：“你醒了？”

“怎么会在这里？”蓝天挣扎起身，声音里还带着丝睡梦中的柔软。环顾四周，电视上正播放着新闻，一墙之隔的走廊里传来重重的咳嗽声。医院的早晨充满了市井气息。

“Sever 喊我来照顾你，”社长道，“他一个男的不是很方便。”

“我怎么了？”

“你晕倒了，医生说是急性肠胃炎。”

晕倒？蓝天呆怔片刻，捂住脑袋，记忆复苏，如奔涌的海潮淹没了无垠的海岸线，恐惧像把钢刀割开心肺。

比赛不过胜与负，可万万没料到，还有第三种结局——她竟然在赛场上晕倒了！

她急切地抓住社长的衣袖，问：“结果怎么样？”

“什么结果？”社长哑然。Sever 给她打电话时，只让她照顾蓝天，却对发生了何事只字未提。

蓝天掀开被子，将枕头丢在一边，翻箱倒柜。

她找到手机后，在搜索引擎内输入“《诡灵》百强赛”几个关键字，弹出一则新闻。

“到底发生什么了？”社长一脸好奇。

蓝天整个人恍若被一道惊雷劈中，石雕般跪坐在床上，喃喃道：“输了，还是输了。”

冠亚军之战中，由于蓝天状态不佳退赛，Sever 以一敌二，最终输了比赛。

时光扭转，命运讽刺。初见 Sever 时，她就是具论剑场上的尸体，而故事的结尾，她依旧是具平躺的尸体。

“医生说打完这瓶点滴就可以出院了。”社长见蓝天不愿解释，也不再强求，岔开话题，“你和 Sever 咋样了？你有没有追到？你们有没有牵过手？有没有拥抱过？”

社长在旁边喋喋不休，蓝天置若罔闻。

最后社长不满道：“你太不给力了，当初我就说培养相同爱好是错的。”

“对，大错特错。”

“所以，你当初就该听我的那套方案，说不定已经和 Sever 比翼双飞了！”社长摩拳擦掌，恨不得当即给蓝天盖上红盖头，塞进花轿，促成这段好姻缘。

蓝天懒得争辩，如今做什么说什么还有何意义。

她不敢想象 Sever 站在竞技台上，独自以一敌二时的心情。

她打车返回酒店收拾行李，刷开酒店房门：“我先洗个澡。”

社长一屁股坐在床上，低头抓着手机噼里啪啦猛按一阵，也不知和谁聊得火热，摆了摆手，示意蓝天自便。

蓝天走进浴室，打开沐浴喷头，汩汩水流顺着白皙曼妙的身躯流淌，水声如深海暗流淹没一切。

她蹲下身，低声哭泣起来。

盥洗台上的手机屏幕忽然亮了，Luck 问道：【妹妹，需要我给你拿行李吗？随时待命，听候指示！】

也许，这世上真存在冤家对头。在蓝天最悲伤的时刻，Luck 简直想买一挂鞭炮庆祝。蓝天不仅让 Sever 丢失了出道以来的全胜纪录，还害他输给了 Grace 战队的队长 51。捡漏般的胜利降临在 51 头上，Grace 战队的一群人喝酒烧烤，猜拳放歌，打打闹闹，直到半夜才散伙。

【立刻马上。】蓝天回了短信，她气不过，将洗发水倒在头顶揉搓，裹着大大的浴巾，蹑手蹑脚地走出浴室。

房间内空无一人，房门虚掩着，一阵凉风顺着门缝吹到她光滑湿润的后背，激起一层鸡皮疙瘩。蓝天打了个寒战，抱怨社长不知去哪里野了，也不知关门。

这时，门被反向推开。

Sever 迈了进来，撞上蓝天如林间麋鹿般慌乱而灵动的眼睛后，顿住。

蓝天躺在病床上时，想过无数种再次碰面的场景，但唯独未想过这种。所有行动与话语都变得苍白无力，有什么东西卡住了喉咙，裸露的皮肤泛起了粉红。

蓝天后退一步，下意识地捂紧了胸前的浴巾。

望着她湿漉漉的长发贴在锁骨上，Sever 目光暗沉。

“我先换衣服。”蓝天如梦初醒。

“你们两个在干什么？”这时，Luck 忽然现身，见蓝天只裹着条浴巾，而 Sever 神色坦然，二人半推半就。

“我说你为什么这么反常，还带她参加比赛，原来是没安好心！”Luck 一把揪住 Sever 的衣领，如奓毛的狮子般咆哮。

“哥，你在说什么啊？！”蓝天急了，上前试图分开二人。

“滚回去穿好你的衣服！知道什么是自爱吗？”Luck 大喊。

“哥，我们之间什么都没有啊！”

“都这时候了你还替他说话？没什么很光荣？都到这份儿上

了你们还没什么？你是在搞笑？你忘了你上个男朋友是什么德行？哟，别人都快把你睡了还没什么呢？！”

噩梦般的过去像阴毒暗影。蓝翔冷漠地否认一切时，蓝天曾天真地以为自己也能很快忘记，可过去就是过去。

她想起某天两人一起看电影，黑色天空降下鹅毛大雪，偏僻松林小道上印着一行孤单的脚印，远处山峦白了头，好像是装满了少年人的誓言。二人默默走在回宿舍的路上，她脱下手套，将蓝翔冻得通红的手塞进羽绒服口袋。蓝翔眉眼弯弯，脸庞上带着大男孩特有的羞涩。

可如今想来，人心隔肚皮，当时她满脑子是蓝翔，可蓝翔满脑子是另一个女孩。

那日沉默，不过是无声的计较。

Luck 和 Sever 的争执声引来大批围观群众，门后探出好几颗黑色脑袋。桃子跳到二人中间，试图强行将其分开。而 Grace 战队队员就没那么好心了，火上浇油：“好样的！Luck 揍他！”

Sever 眉眼冰冷：“你这个哥哥就是这样和妹妹说话的？”

Sever 平日最爱以笑脸示人，真生起气来浑身泛着股肃杀之气，漆黑眸子内似藏着吞天吐日的金龙。Luck 愣住，不敢再轻举妄动。

AD 战队和 Grace 战队的人全都围上来，反倒蓝天这个最该被重视的当事人被生生挤到人群之外。眼泪在眼眶里打着转，她悄悄退回房间，从行李箱内抽出热裤短袖套上，坐在床上默默垂泪。过了半晌，似打定了主意，她贴着墙，从楼道悄悄走了。

走廊内的众人被 Sever 的目光震慑，尤其是 AD 战队的队员，相当乖觉，默默噤声。

“你只是她哥哥而已，她不是你的附属品，她喜欢谁，做什么，是她的自由，与你无关。” Sever 好听的声音在寂静的走廊内回荡。

“你又不可能是认真的。” Luck 不服气，哼了声。

身为 X 大学生，Sever 的底细 Luck 再清楚不过，有些帅哥冷若冰霜拒人千里之外，有些帅哥天生桃花眼女人缘极好。Sever 不属于任何一种，他平易近人时像极了拈花惹草的花花公子，却比冷漠禁欲型帅哥还难追。在蓝天之前，有无数女孩铩羽而归。而蓝天那个笨蛋，论条件根本入不了 Sever 的法眼。Luck 这么做只是出于对自家妹妹的保护。

“谁说我不是认真的？”Sever 冷笑道，“我莫莜倩想要做的事，迄今为止还没一件是敷衍的。”

“你喜欢蓝天？” Luck 表情逐渐失控。

“那又怎样？”

“说真的，你真没必要因为和我怄气而说出这种话！”

“对啊！老大你实在没必要为了和 Luck 怄气，去喜欢一个女孩子！”桃子附和，“不要啊！”

“女孩子？” Sever 反问道，“不喜欢女孩子，难道我喜欢男孩子了？”

桃子：“？”

众人：“……”

秋风萧瑟，天空飘着零星雨点。

蓝天出了酒店，站在马路上，抱紧胳膊。她穿着单薄的衣物，脚上拖鞋未换，像个迷路少女般四下张望。她在马路上拦了辆出租车，去往火车站。

半个小时后，火车发车，目的地 X 市。

对不起，她要落荒而逃了。

玻璃窗外，A 市高楼大厦迅速后退，隧道里的灯光明明灭灭。

蓝天盯着手机屏发呆，忽然收到条好友申请。

竟是蓝翔的！

伴随着动车飞驰的呼啸声，蓝天有种穿越时空，回到从前的错觉。

当初蓝翔和她决然划清界限时，连蓝天的支付宝好友都拉黑了。可如今，永远不会出现在她生活中的“死人”，居然“诈尸”了。

怀着丝好奇，蓝天点击通过。

【今天晚上有时间吗？我想约你见面。】分手时蓝翔总一脸疲倦与不耐烦，如今竟然主动约她？

【我们两个没什么好说的啊。】蓝天回道。

【八点。】

【我在外面。】蓝天抗议。

她衣衫单薄，头发凌乱，实在很不便，何况心底还有丝小计较。见前男友对于任何女孩而言，都是一场硬仗，要精致的妆容，漂亮的衣服，才算佩戴了绝世铠甲。

【回来后联系我。】对方丢下这句，没再回复。

一股戾气自心底升起，蓝天翻了个大白眼，索性关了机。刚回宿舍，蒋南风便猴子般蹿到她面前，举起手机，张牙舞爪地汇报：“蓝天，你被迫当小三了！”

蓝天不明所以，瞅了眼蒋南风递来的手机屏幕，血液霎时冲进脑子。

学校论坛内有个学生交流版块，经常出现各式八卦，目前置顶的正是抨击蓝天做小三的帖子。

蓝天一把抢过手机，点开帖子，飞快地下拉。一张张熟悉又陌生的聊天记录充满了视觉冲击感。恋爱时的甜言蜜语成了勾引的证据，分手时的悲伤更被断章取义。蓝天瞬间从普通女大学生，成了心机颇深的“绿茶”。

“谁干的？”蓝天脸都绿了。

“还能是谁？”蒋南风意有所指。

寒风顺着衣领灌进来，蓝天浑身发起抖来。她沙哑的声音带着哭腔：“蓝翔不能这样，这样是不对的。”

“人家摆明诬陷你，哪里管什么对不对。”蒋南风道，“放弃吧，也别想着辩解，时间久了就淡了，清者自清。”

“这怎么行？！”蓝天急了。

流言蜚语如附骨之疽。有时候，暗地里咽下苦果，在深夜辗转反侧，经历诸多磨难，却抵不过别人轻描淡写的诋毁。

“有没有聊天记录或者日记等东西，只要能证明你对秦媚儿这个人的存在完全不知情就好。”宿舍长在一旁提醒。

蓝天无助地摇头。

受害者和加害者在现实中处于极其不平等的地位，后者处心积虑，蓄谋已久，只为一击必胜，前者漏洞百出，百口莫辩。

分手后，蓝翔拒绝承认和蓝天交往过，蓝天一气之下删除了手机内他的所有联系方式，互送的礼物和精心编织的围巾被付之一炬，两人似乎从未在对方的人生中出现过。

她咬咬牙，只得给蓝翔发短信：【好，我八点等你。】

秋雨微寒，X市已迎来全面降温。蓝天换了稍厚的衣物，素面朝天，站在宿舍楼旁的一棵槐树下。

刚下晚自习的学生们嬉笑打闹着。

蓝天站累了，在一旁的座椅上坐下，思绪凌乱。人生真是太差劲了，在幻想中，她应该急中生智，如女王力挽狂澜，或者像Sever般，根本不在乎栽赃诽谤。

可现实中唯一的解决办法是低声下气地和解。

忽然，视线内出现了双浅色球鞋，不等她看清，一个大大的耳光烙在了蓝天的面颊上。

“你凭什么打我？”蓝天腾地站起身，面颊上火辣辣的，还留下了五个指印。

“少给我装无辜！你自己干了什么不知道？”蓝翔破口大骂，

吼声震天动地。

“是你干了什么才对吧！”蓝天怒目而视，气得浑身发抖，来兴师问罪的不该是她吗?

“媚儿不理我了！难道不是你教唆的?”

“她不理你关我什么事?”蓝天愣住，脑子内轰轰作响，晕眩感顺着血流一波波地弥漫身体，又冷又燥热。

“自从她上次去参加你们社团的那什么庆功宴后，就没给我什么好脸色。问什么她都不说，现在还要跟我分手！别告诉我这和你一点关系都没有！死‘绿茶’，老子就看不惯你装无辜玩阴的，背地里动什么手脚！有本事正面上啊！”

“你简直不是人！”蓝天捂住脑袋蹲下身子，尖声哭喊起来。一股强烈的破坏欲自心中升起，混乱间似乎碰着了蓝翔的袖子，对方顺手将她推倒在地，长腿狠狠地朝着蓝天的腰部蹬去。

但预想的痛感并未如期而至，一个身影挡在了她的身前，Sever 如天神降临，一把将蓝翔推倒在地。他神情冰冷，眸子内似藏着只嗜血的野兽。

Sever 在外国语学院甚至全校都相当出名，俊朗外表极扎眼，认识的不认识的，见着一个极品帅哥将一个女生护在身后，与另一个男生产生冲突，很难不好奇。加之响动太大，看热闹的人越聚越多。

蓝翔从地上爬起来，瞬间底气没那么足了，污蔑道：“她是小三！活该！”

蓝天号啕大哭："你说谎！"

蓝翔拿出手机，将屏幕举至胸前，递到每一位吃瓜群众眼前，说道："你们看，我没说谎，这都是证据，这个女人该死！大家不要被她的外表欺骗了！"

一些路过想打抱不平的学生瞬间犹豫观望起来。此处是女生宿舍，大部分为外国语学院学生，平日吵闹如电线杆上的麻雀的女生们，通通将目光转向Sever。

蓝翔又转头告诫Sever："蓝天就是个死'绿茶'，你和她在一起迟早会后悔。"

Sever面无表情地将蓝天从地上扶起，修长手指轻抚她受伤面颊："这就是你打人的理由？"

"妖艳贱货而已。"蓝翔恨恨地说道。

见蓝天痛苦地捂住头，Sever拍了拍气到发抖的蓝天，冷笑道："呵，居然有人敢在我面前比妖艳贱货。"

蓝翔："……"

一些人露出心领神会的表情，发出爆笑。

蓝天望着Sever，一股暖意自心中升起。即使被诋毁，依旧被坚定选择，曾经因失恋而产生的创伤似乎在这一刻消弭了。

"站好了，自己扇自己三巴掌，否则，这事没完。"Sever的眉目间似有苍山落雪。

蓝翔欺软怕硬道："我这人不喜欢用武力解决问题，能不动手就不动手。"

“那你打算怎么解决？”Sever 问道。

“来盘《王者荣耀》吧！”蓝翔对 Sever 叫嚣，“我可是真王者！输了自扇十巴掌。”

蓝天：“？”

外国语学院很多学生早在莫教授的熏陶下，对 Sever 的丰功伟绩了如指掌，纷纷用“佩服”的眼神望着蓝翔，朝他竖起大拇指，有些甚至笑得直不起腰。

蓝翔会错意，得意扬扬：“若是你输了……”

“我要是输了，你不用删帖，我自愿成为那个帖子里的绯闻小四。”Sever 打断蓝翔，“爱怎么编排怎么编排，让我当秦媚儿的绯闻男友，蓝天的绯闻男友，甚至你的绯闻男友，都听凭处置。”

蓝翔：“……”

一群外国语学院女生激动到热泪盈眶：“学长！我们给你写的段子你都看过对不对？”

这一局，蓝翔被打得落花流水，甚是狼狈。他脸色通红，却迟迟不愿动手自扇，觍着脸道：“别以为你和秦媚儿关系好，我就奈何不了你！”

“我和她只是普通朋友。”Sever 说道。

“你不要得寸进尺！”蓝翔见对方人多势众，情形越发不利，旋即要走。

“等一下，把帖子删了。”蓝天叫住蓝翔。

蓝翔仿佛听到一个天大的笑话，嗤笑道：“你让我删我就删？

凭什么！”

“想都别想！”蓝翔耍无赖，“你还能把大爷我怎么样？再见！”

蓝天被气到心口疼，心道自己以前真是眼瞎，可也只得自认倒霉。围观人群热闹看到一半，意犹未尽，讪讪离去。

凄风冷雨打在面庞上，蓝天抬头望着缓缓飘落的金黄色的银杏落叶，凄苦委屈只化作长长的叹息，对 Sever 道：“他根本不会怕的。”

Sever 单手拿着手机，从校园论坛里翻到那个造谣诽谤蓝天的帖子，冷哼一声：“两天，两天之内他一定会删。”

“你不该在 A 市吗？”蓝天忽然惊叫道。

夜幕低垂，远山如墨。头顶一盏路灯自上方洒下光芒，映得 Sever 肤色越发白皙，黑发贴在面颊上，带出平日罕见的一点魅惑妖娆，配上此刻冷漠又刚毅的黑瞳，有种撕裂的美感。显然，对方冒着大雨，赶着高铁，跟在自己身后回来的。

“给你打电话，你不接。”Sever 解释道。

蓝天翻开手机，里面竟然有十几个未接电话，Sever 一定是担心她，才风风火火地赶回的 X 市。

一股内疚之情从心中泛起，她小声说：“对不起。”

“不怪你。”

“怎么能不怪我呢！分明都是我的错！”蓝天带着哭腔喊道。她想过会承受 Sever 的怒火，也想过他们从此不再是朋友。

“不怪你，换谁都会输。”

“分明就是我搞砸的！你不要对我这么好！不要再安慰我了！”蓝天哭道，“我怕我会爱上你。”这句话被哭声掩盖。

“没有安慰你。”

“骗人！”

“真的，51在你食物里下药了，你才突发急性肠胃炎的。”

蓝天：“……”

晚九点，校门三公里处，西式自助餐厅内。

食客寥寥，音乐舒缓典雅。

蓝天低头凶狠地切着块牛排，大快朵颐。

她怎么就忘记了！除了凛城，她的另一个对手是51！那个最爱耍花样陷害对手的Grace战队队长51！

她仔细回忆了比赛当天的经历，似乎比赛前一晚的晚宴中途她去过厕所，大抵是那时被算计的。

“服务员！再要份牛排，五成熟！”蓝天探头大喊一声。

“你晚上吃这么多，不怕发胖吗？”Sever微笑地看着蓝天。虽是自助，但他吃得极少。

“所以胖子都是悲伤的啊！”蓝天每次难过，总爱来这家经营牛排和甜点的店面，狂吃海喝。

她撕下一大块海鲜比萨，递到Sever眼前，说道：“等吃完这顿，把所有不愉快通通忘记！”

“我的习惯是把不愉快统统记下，到时一起算账。”Sever 眉眼弯弯，如星闪烁。

“那不如……我们庆祝下获得全国第二吧。”蓝天说道。

Sever 拿起那块比萨，审视蓝天：“你就这么想安慰我吗？”

记忆里，父母只在他获得第一时摆出盛宴，同学只在他获得第一时投来羡慕的目光，女孩子们当然也只在他获得第一时一脸倾慕。没人可怜失败者，失败者就像荒漠的孤狼，躲在刺骨寒夜，独自舔舐伤口。

“因为你会很伤心啊！”

“你听谁说的？”

“方回。”蓝天在 Sever 面前总撒不了谎，老实交代。

Sever 摸了摸鼻子，笑了：“走吧，我送你回去。”

路灯在大雨中模糊，蓝天和 Sever 并立伞下，对这莫名终止的对话表示异常紧张。

待走上宿舍楼的台阶，Sever 忽然上前一步，飞快地抱了下她，笑容如暗夜悠然绽放的昙花：“我答应你，会开心。”

秋雨无边，是天空送给大地的海洋，雨水织成细密大网，沿着黑暗楼宇，绵延流淌而下，蓝天只能听见自己怦怦的心跳声。

她想转身，却被 Sever 按住脑袋，身体正对宿舍，说道：“所以，你也要答应我，往前走，就别回头。”

忽然什么都不怕了，蓝天重重地点了点头，背影消失在走廊拐角。

雨依旧在下，汩汩流淌在玻璃上，昏黄灯光模糊扩散成一个巨大的光圈。

Sever 举着红伞，静立在大雨之中，目光直直地望着宿舍台阶下，银杏树叶铺了满地。

他看着不远处的秦媚儿，目光冰冷。

不知何时，秦媚儿如猫一般悄然无声地出现，笑容讽刺："莜倩，你还是和以前一样温柔，害怕小姑娘看见我，情绪又激动了不是？"

"蓝翔发的下三烂帖子，是你指使的？"Sever 问道。

雨滴黏稠细密地打在心底。秦媚儿没有正面回答，而是劝说 Sever："那个蓝天，你离她远点吧，救不了她，反倒会拖累自己。"

"我要做什么，与你无关。"

三个小时前，一篇名为《Sever"女"搭档为 COS 界新晋"男"Coser》的文章在网上爆了，热度被吃瓜网友刷到热搜前十，并且有继续走高的势头，很多电竞粉丝称它为年度乌龙。

这件事热度高的原因有很多：其一，Sever 本身为电竞圈顶流，之前被爆出是 Earth 回归，唤起不少电竞老粉的远古回忆，人气目前已远超 Luck。其二，Sever 自出道以来，从未和女电竞选手合作过，蓝天以一个名不见经传的素人形象，出道即巅峰，引来嫉妒眼红。其又在《诡灵》百强赛上晕倒，表现拙劣，惹得很多电竞粉极为不满，导致黑料和网络攻击铺天盖地。其三，Sever 和 Luck 一直是网友恶搞的对象。蓝天身为 Luck 妹妹，之前的男 Coser 形象被广泛传播，在 COS 界男装耍酷吸睛，在电竞圈卖萌圈粉。从“男”变“女”这一操作简直堪称前无古人后无来者，各种恶搞层出不穷。最后，文章论证翔实，很多证据较私密，其中一张是蓝天《大唐长风》的剧照，她戴着发套，卸妆到一半，对着蒋南风比了个大大的剪刀手。

Sever 看到这则新闻后，便急忙给蓝天打了几十个电话，火急火燎地坐车赶回学校，可方才面对蓝天，却迟迟未把这个消息说出口。

蓝天以为她能安慰他，可他更想安慰她。

“你要怎么帮她呢？”秦媚儿道，“蓝天欺骗所有人是铁板钉钉的事。你在电竞圈热度很高，和女孩子搭档本来就颇受非议，这件事你替她说话等于往自己身上泼脏水，不如保持沉默，装成受害者。”

秦媚儿的目的是对蓝天落井下石，这话却完完全全站在 Sever 的立场上，说得很中肯。

雨下得更大了，噼里啪啦打在伞面上，在路灯下砸出一个个细碎光斑。一阵风吹起黑色风衣，如狂乱飘扬的旗帜。Sever 黑发凌乱，透着少见的狼狈与脆弱。

是从什么时候开始的呢？

Sever 和蓝天本毫无瓜葛，这女孩子只是网络上的区区过客罢了。她给他当工具人，他顺手带她上段位，大家互不亏欠。

即便相遇，也只是校园里的匆匆一瞥。未来某天，她会找到她的王子，而他亦会如无数人期许的那样，与一位精致优秀的异性相伴，谈不上多喜欢，却绝对门当户对。

可，命运的箭头忽然改变了。

所有人都以为咖啡厅的相遇只是巧合，可只有Sever自己知道，那是冲动为之。

Sever第一次遇见蓝天并非在咖啡厅，而是大二刚开学的某个慵懒午后。

迎新总是热闹的，充满了欢声笑语。Sever站在外国语学院为迎接新生临时支起的棚子中，手中的电话响个不停，可偏偏战队里的桃子来X大看他，吵着要四处逛逛。Sever有些不耐烦，腹黑地将一位刚刚报到的女生交到桃子手中，指使他将其送到宿舍。

有和美女独处的机会，桃子自然不会拒绝，兴高采烈地做了免费劳动力，帮忙拎起大包小包。

桃子忽然惊呼一声，拍了拍Sever的肩膀：“看，是Luck！”

烈日当头，跑道和草坪泛着白光，Sever微微眯眼，目光锁定在一男一女身上。

男孩身材高挑，长着一双绝美的凤眸，嘴唇极薄，美是美，却偏偏有股拒人千里之外的气质。他一只手拖着行李箱，另一只手里拿着一根光秃秃的冰棒棍，在和身旁的女孩子生气。

女孩长得十分水灵，眉目流转间顾盼生辉，嘟着嘴也拿着一根光秃秃的冰棒棍，大声喊道：“白云！你实在太坏了！居然把我的冰棍吃掉了！”

“谁让你撞掉了我的！”Luck 说道，“你肯定是要赔的！”

“你也不看看，让我大包小包提着多少东西！”女孩委屈地看了眼地上的行李。

“Grace 战队的 Luck，听说公司想把他当台柱子培养呢！”桃子撇了撇嘴。

Sever 并不关心所谓的 Luck，电竞圈每年都会涌现很多新人，大多数过段时间便销声匿迹。他的目光停留在 Luck 身旁的少女身上，虽然少女浑身是汗，额前头发略显凌乱，但展现出的如初春树苗般的蓬勃而阳光的气息，深深吸引了他。

“是不是很在意？”桃子得意了。

Sever“啧”了声，走到蓝天身旁：“往前走二十米有商店可以买。”

被哥哥气到半死的蓝天骤然抬头，丢给 Sever 一个超大的笑脸：“谢谢！”

不知是因为戴着李菲菲自制的全脸遮阳帽有些闭气，还是因为那个笑容确实太灿烂，他竟然有一瞬的恍神，再去寻，女孩已蹦蹦跳跳地消失在人海之中。

之后，女孩的身影一直印在他脑海里，夏天的那一幕，像一张线条简单的画作，定格在生活的角落。

直到，再次遇见。

那天，在咖啡厅的音乐声中，Sever 再次站在了蓝天的面前。

这个女孩善良有勇气，对他的喜欢不加掩饰，全写在眼里，做的很多事费时费力却收益不大。她似乎很不起眼，甚至比不过学生会里的许多学妹；她很蠢，蠢到为那终将消逝、虚无缥缈的爱情努力着。可他无法拒绝她，也不想拒绝她，甚至在不知不觉中，爱上了这个女孩。

很多人都觉得Sever并没有为蓝天付出多少，甚至在发现她的电竞天赋后，直接用最省时省力的方式，送她进了电竞青训营。可谁又知道Sever有多渴望赢，带蓝天一起参加《诡灵》百强赛，是他这辈子做的最有挑战性的事情。他本不愿输给凛城，赌上所有也不愿意输！

可这个笨拙的女孩，努力朝Sever走了九百九十九步，他又凭什么没勇气赌上一切，去走那最后一步？

Sever放弃China Joy粉丝见面会的出场机会，让夏言河支开所有橘子汽水电竞青训营的学员，只为在人群中看蓝天的表演。Sever努力和关系恶劣的Luck相处，引来战队队员们集体群嘲，只因Luck是蓝天的哥哥。

日租房里，蓝天以为是她偷偷亲了Sever，其实破晓时分，Sever也偷偷亲了蓝天。

Sever就像只狩猎的孤狼，给足了对方机会，等待着他的小白兔一步步靠近。也许很多人说得对，他就是魔王。分明看她爱得挣扎，却依旧想让对方更爱自己一点。

可即使如此爱算计，偏偏还是失败了。他忽然想起很久以前的自己。

时间的旋涡在漆黑的夜晚旋转着，潮起潮落间，记忆的碎片搁浅在滩涂上，像一只只散落的白色贝壳。

为帮那只叫媚媚的小流浪猫报仇，一拳打在校霸的眼睛上又怎样？最后它的生命还是终止在了一条背街的小巷里，像块肮脏的白色垃圾。和那些背地里嚼着母亲舌根的同学打架又怎样？最后躺在医院病房里的人还是自己。

曾经所有人眼中孤僻又桀骜的少年长大后用笑容装裱自己，学习第一，电竞第一。即便有人依旧看不惯他，也只敢在背地里低声咒骂一句“魔王”。

只有母亲会摸着他的头说：“我们倩倩一直都很善良呢。”

可这么多年过去，他原以为自己已经足够强大，可以拒绝命运的审判，可以远离无能为力的愤怒与不甘，可他又失败了。

时光不是条平静的小河，它会刮起惊涛骇浪，翻起回忆，将他重新变回那个孤独又沉默的少年。

现在你回想起来了吧，你那被无助和痛苦支配的少年时代。

大脑像被烙铁蹂躏，手中雨伞伞柄朝上拄在地上，如一朵盛开的红色彼岸花，充满死亡与颓败的味道。大雨飘湿了Sever的肩膀。

秦媚儿说道：“莜倩，是时候做决定了。你救不了她的，这没用。”

你，救不了任何人。

无论过去、现在和未来。

Chapter 7

/ 为你乘风 /

愿你乘风，不惧遥远，不惧艰险。

有时生活很残酷，你原以为睡一觉就能迎接清晨的阳光，可噩梦会接踵而至；你原以为浑浑噩噩能躲过重击，可一切只会变本加厉。

蓝天在睡梦中被一阵手机铃声吵醒，接起来是社长一连串的道歉，还详细解释了为何在蓝天洗澡的间隙，Sever 会突然出现。

社长哭丧着脸道：“我喊他来，原本想让你们增进关系的……算了算了，这样的闲事，我以后都不管了。”

“事情过去了再提毫无意义。”蓝天摇头。

“你有没有看电竞圈新闻，就昨天。”社长声音骤然变小，神神秘秘道。

蓝天感觉有些蹊跷，退出通话模式，点开手机界面内推送游戏资讯的App，一条标题为《Sever“女”搭档为COS界新晋“男”Coser》的新闻出现在最醒目的位置。手指一点点朝下滑动翻阅，蓝天的心渐冷，应付社长的话逐渐敷衍而零碎，最后她萎靡地放下手机，蜷缩进被子，将自己裹成只虾米。

棉被遮挡住所有光亮，最后一丝安全感散逸在厚重的黑暗中。

许久后，蓝天才回应，声音中带着自嘲：“社长，我们还是做到了，不是吗？我现在是 ACG 界流量最高的 Coser 之一了。”

不等社长回应，蓝天挂了电话，如具僵硬的尸体一样躺在床上。看到惨白的天花板时，她忽然无法喘气，无法呼吸，胸口仿佛被巨石压住，她忽然很想呐喊，想丢弃所有。

透过窗户，清晨鸟鸣欢快。

蒋南风站在阳台的水池边，哼着歌刷着鞋，屋内小音箱乐声悠扬。

不知过了多久，蓝天坐起身子，隔着宿舍阳台的玻璃，问蒋南风：“你故意的，对吗？”

蒋南风依旧哼着歌，充耳未闻。

清晨的薄雾飘进了屋内，蓝天又问了一遍：“你故意的，对吗？”

“啊？蓝天你刚刚说什么？我没有听清。”伴随着流水的哗哗声，蒋南风探过头，擦了擦两手的泡沫。

“以前我和蓝翔谈恋爱，你知道他有个女朋友叫秦媚儿，你们互相认识，也知道蓝翔很喜欢她。”蓝天语速很快，气息不稳。

“他们那时候不是在闹分手嘛，我当然希望蓝翔能早点走出来，也希望你能幸福啊。”蒋南风惊讶，“怎么忽然提起这个？

这事儿不是早过去了吗？”

“你是故意的。蓝翔和秦媚儿表面上分手了，实际上蓝翔一直在求秦媚儿回头。你了解蓝翔的性格，他最在乎面子，面对我的倒贴自然不会说出实情。你什么都知道，却整天鼓励我追他，甚至还不停给我俩制造独处的机会。”

“你一直这么爱天马行空地想象吗？”蒋南风从阳台走进室内，声音中有股说不出的冷意。

“上次社团活动，你认识秦媚儿，就是证据。你知道她和蓝翔之间的感情状况，你没法抵赖。”蓝天道，“蒋南风，我真的很佩服你，在这件事之前，我一直将你当成一个不知情的局外人，可你了解我，了解蓝翔，了解秦媚儿，甚至连蓝翔不喜欢我这种类型，而是最爱御姐妖娆型的女孩子都算好了。这场失恋和去年遇到的挫折，都是你送给我的。我很好奇，你究竟为了什么？”

“可笑！自己恋爱谈不好还怪媒婆了！”蒋南风抵赖否认。

蓝天忍无可忍地瞪了蒋南风一眼，只是这一眼带着冷风。蒋南风波澜不惊，脸上像戴着张精美的面具。

“那这个呢？”蓝天将手机撑在了蒋南风的脸上，“是你告诉他们我在《大唐长风》里假扮男生的，对不对？”

蓝天特意指了指那篇文章里的配图照片，当时她卸妆卸到一半，照片一角有个肉色的模糊斑点，那是蒋南风的手指：“你手上的戒指是暑假我俩一起去云南旅游时在一个老伯的手工作坊里买的。蓝中带紫的孔雀石，形状独一无二，你没法抵赖。”

蒋南风看了一眼："这是误会，一定是误会。虽然这照片是我手机里的，但那天在日租房有很多人，说不定是你们社团的人拿了我的手机。"

"你的手机有密码，没人打得开。"蓝天忍无可忍了。

蒋南风道："可就算这样，也不能证明是我。"

判断犯罪嫌疑人时，讲究疑罪从无，除非蓝天能弄清蒋南风将这条消息卖给了谁，又如何让这篇新闻出现在电竞圈的头版头条，否则毫无说服力。

蓝天走下床，沉默地在镜子前梳好头发，利索地穿上外套。

从大一第一天开始，她和蒋南风就是朋友，在同一个宿舍生活，亲密无间。蒋南风见她失恋，带着她打游戏，舒缓心情，还将她失恋的故事一遍遍讲给其他人听，她被打上没脑子的蠢货、书呆子的标签。这样的日子，只要不争不抢，接受若有似无的排挤，就能很快乐。不要运气爆棚，不要遇见 Sever，更不能成为万众瞩目的电竞选手。

你可以活得很好，但是不能活得比我好。数统院专业课第一的蓝天已经很好了，自然不能再拥有更好的男朋友以及更好的前程——这才是蒋南风的心里话。

蓝天这才发现原来自己一直没朋友。认清了这凄惨的事实，她心里反倒轻松了不少。

"那我打电话问问。"蓝天忽然道，她转过身，目光变得灼热逼人，"你若撒谎，我一定不会善罢甘休。"

“你要打电话给谁？”蒋南风警觉，“你谁都不认识。”

“你忘了Luck是我哥哥了？他在电竞圈混了那么久，总不会谁都不认识。如果真想查，自然可以查到。你以为把信息卖给记者，记者不会为更大的新闻出卖你吗？毕竟，和Luck相比，你什么都不是，甚至和我比，你也什么都不是。”

“你本来就假扮男Coser了！这是事实！”蒋南风大声尖叫，“说谎泼我脏水！一手遮天欺负人吗？”

“你承认了。”蓝天冷冷地说道。

“我没有！”

“没有你心虚什么？”蓝天平静地问道。

心理强势者总带着他人未有的笃定，而露怯之人穷凶极恶，狼狈中透着狠戾。

宿舍内鸦雀无声，另外两个女孩子面面相觑。

蒋南风彻底破罐子破摔，歇斯底里道：“对！我是做了！我是觉得这样特别不道德！非常不对！你该死！去死吧！”

“是吗？”蓝天转头望着蒋南风。她说这话时，眼神和语气都变了。曾经的蓝天似在这一瞬蒸发消失了，而再出现的人，沉着有力。

蒋南风被蓝天的气势震慑，竟没再胡搅蛮缠。

秋日艳阳朗照，在周身燃起白光。蓝天离开了宿舍，远眺高远湛蓝的天际。

Sever的声音在耳边回荡：“既然要往前走，就别回头。”

有些绝境，只为浴火重生。

一整个下午，蓝天坐在车水马龙的步行街上，望着街一侧的咖啡厅，香樟树缝漏下细碎阳光，一切都变了，在时过境迁的荒凉感中，她恍惚记起也是这样一个下午，她见到了 Sever。

蓝天拿出手机，给 Sever 发了一个笑脸：【出来玩吧！】

【心情蛮不错？】Sever 秒回。

蓝天打“是啊”，又犹豫地删掉，换了句：【我都知道啦。】

那一边很久未有反应。秋季正午的阳光略微刺眼，蓝天缓缓打出一个问句：【你在忙吗？】

【来这里。】Sever 发了个定位。

蓝天到达指定地点才惊觉 Sever 给的竟是 AD 战队所在俱乐部的地址，还未进门，便在走廊里听见争执声。

“你们怎么能说 Sever 和 Luck 毫无关系呢？”一个队员忍不住问道。

“他们能有什么关系？”

桃子唱歌似的道：“愿天下情侣终成妹夫！”

“行了，别恶搞了。”另一个队员嘲笑。

蓝天：“……”

Sever 冷不丁拿着杯水出现在她身后：“怎么不进去？”

蓝天回头：“里面……似乎不大方便。”

Sever“啧”了声，推门而入。蓝天跟在他身后，朝电脑前的众人打招呼。

训练室顿时寂静得像夜晚孤寂广袤的星空。一些人嘴巴张成了O形，更有甚者，揉着眼睛，一脸不可思议。所有人的目光似要在蓝天身上灼出一个大洞。

有个队友情不自禁地发出一声赞叹："乖乖啊，队长真男人！"

"过来玩一会儿，有什么问题吗？"Sever替蓝天打开电脑，眸子泛冷光。

外界因蓝天的黑料已吵成一锅粥，骗子、"绿茶"、小三上位者这些污秽不堪的词全部围绕着她。Sever此时采取的最有利的方式应是远离蓝天，不回应任何八卦，只当是公司安排的普通合作伙伴，等风声过后再出现，便万事大吉。

他却反其道而行之，大剌剌地邀请蓝天来总部。目前，AD战队的训练基地是记者狗仔重点蹲守目标，任何风吹草动都会引发舆论大潮。

桃子搓着手问道："嫂子是从下水道爬进来的？"

"走大门。"

"坐车？"

"步行。"

众人："……"

"桃子，你过来和她打一盘。"Sever不理会其他人惊悚的表情，"小猪和苹果你们待命。"

桃子极度忐忑地坐在蓝天身侧，不知Sever葫芦里卖的什么药。

整整四个小时，蓝天进行了车轮战，和战队所有成员切磋了一遍。

待到日头西斜时，Sever 捧着保温杯靠在桌侧，问道："她的技术大家认可吗？"

众人的评价很中肯，虽然很多地方不是特别完美，但无疑是个打电竞的好苗子，甚至有人说出了"未来可期"四个字。

瑰丽的晚霞如泼彩般蔓延上窗台，极远苍穹流光烁金。Sever 的面容被夕阳衬得格外立体，睫毛仿佛天边群鸦的羽翼。

"那就欢迎新队友吧。"

Sever 此言一出，整个 AD 战队都爆了，所有人都露出难以置信的表情。蓝天亦一脸震惊，此时的她已经算社会性死亡人士了。Sever 不知做了什么，竟然能在这种情况下说服俱乐部与她签约。这消息传出去不知会在网上掀起怎样的轩然大波。

桃子失声叫道："老大，你这是引狼入室啊！"

蓝天安慰桃子："我……我还没签合同呢！"

Sever 对蓝天道："你还有别的选择吗？曾经我是 Earth，当时退役也并不全是因为输给了凛城，可一段以失败结尾的人生旅程注定是黑点。我不希望未来的你，被别人提起时有段百口莫辩的过去，处处遭人排挤，活在妖魔化的臆想里。如果不能避免灾难，那就直面更可怕的灾难，然后赢过它。到目前为止，AD 战队的所有宣传与比赛安排都是我策划的，高层信任我，虽然这次赌的筹码很大，但也未必不能赢。"

AD 战队作为一支新生战队，在 Sever 的领导下迅速崛起。队员经历了短暂的混乱与争执后，全部安静了下来。

Sever 还是没法丢下蓝天不管，就像很久以前那只叫媚媚的野猫一只腿被人类踢瘸了，却在他蹲下身时放松了警惕，蹭着他的手指。

【媚媚，投喂。】

【媚媚，和另一个男孩。】

【媚媚，8 ： 30 医院。】

……

【媚媚，永远在一起。】

……

其实，Sever 在课本上写下这些话时，那只野猫已经死了，眼被戳瞎，一只腿被恶意糊上石膏，死于窒息与无法进食。

只是 Sever 一厢情愿地让它活在了记忆中。

没办法，这就是他啊，没法放弃生命中的那些美好，也没法放弃那些回忆。

就算这是局死棋，他也想走下去。

蓝天怔住。

“老大，真爱啊！”桃子泪目。

Sever 说道：“我们只能赢，不能输，就看这次大家的表现了。”

AD 战队所有成员齐声道：“只能赢，不能输。”

气氛被推向高潮，一股暖流自心底缓缓流向四肢百骸，眼睛胀胀的，蓝天强忍泪水，重重地点了点头。

“那现在开始准备第一步应对策略。”Sever 不知从哪里拿出台相机，低头摆弄了下，拍了拍蓝天的肩膀，“走，给你拍入队照。”

蓝天看见过 Sever 家里的各类摄影大赛奖杯，照片独特唯美，只是没想到摄影的对象会变成她。蓝天羞涩地揉了揉裙角，说道：“今天的衣服不好看呢！”

“那就到旁边买一套吧。”Sever 朝着夕阳洒落处拍了张照片，仔细调整焦距。

队员们发出起哄的怪叫声。

一大群男孩子领着一个小姑娘上了街，一行人回头率爆棚。Sever 逛街速度极快，不到一刻钟便相中了一款翠绿色港风连衣裙。

桃子在旁拍马屁道：“嫂子，你要相信我们老大的眼光！”

三分钟后从试衣间出来，蓝天不由得佩服 Sever 的眼光，镜前的她如初夏新荷，婷婷玉立。

AD 战队的队员们多数是直男，碰见给女孩子买衣服的事就哈欠连天。他们挤在服装店外，大声讨论电竞资讯。

Sever 又拿来一件递给蓝天：“试试这个。”

终于有了点独处的时间，Sever 忽然说道：“蓝翔删帖了。”

“啊？”蓝天站在镜子前，未反应过来，“你怎么做到的？”

“还记得以前外国语学院那群女孩子是怎么传我们的八卦的吗？”Sever 微微一笑，“这未必是一件坏事。”

蓝天疑惑。

Sever 解释，父亲莫教授行事低调，很多人只知莫教授的妻子经商，却不知姓甚名谁。Sever 只是稍微向他人提了提母亲的姓名，外国语学院那群女孩子的八卦之魂便熊熊燃烧起来。

林瑶，莫莜倩的母亲，林氏地产的董事长，五十出头便坐拥数百亿资产，是 X 市纳税大户，经营范围涉及房地产、教育、电竞、服装、餐饮、美容等多个行业。蓝天现在居住的宿舍楼就是林瑶作为校友捐款修建的。

林氏集团是老牌企业，在当地声望很高，关系盘根错节。蓝翔平日自诩能与富二代们攀上关系，还曾指着市中心第一高楼向蓝天吹嘘过，自己认识楼里一位拥有十间商铺的男人。

可谁料到那第一高楼，竟然只是 Sever 家的产业之一。从 X 大的半山腰往下望，楼体笼罩着梦幻的金色，在漆黑的夜幕中如长眠于海底的定海神针，透着点纸醉金迷的味道。

蓝翔在 X 市要挟林氏继承人莫莜倩，简直不自量力。Sever 真和他较真，无疑是易如反掌，蓝翔惊恐得连夜删帖。

“恐惧来自未知。”Sever 总结道，又从旁边取下件衣服递到蓝天手里。

蓝天：“……”

当晚，他们在 X 市闹市区拍了组街拍。蓝天望着浩渺的夜空，低声许愿：“一切都重新开始吧。”

第二天，蓝天出入 AD 战队训练基地一事在网上发酵，蓝翔发布到校园网上的帖子被扒了出来。网友义愤填膺，纷纷指责蓝天道德败坏。不少黑粉带偏舆论，甚至传说蓝天和 Sever 已经确定情侣关系，讨论的焦点从蓝天转移到了 Sever 身上。Sever 遭遇了前所未有的形象危机，面对压力，Sever 保持沉默。

到了晚上，AD 战队的官方账号公布了一组照片，宣布蓝天为战队新成员，并澄清昨日消息系谣言。

蓝天非常佩服 Sever 的谋略，目前网友攻击 Sever 的主要原因是他识人不清，竟然与品德败坏的女人私交甚笃。但 AD 战队宣布她为新成员，又让 Sever 帮她做的宣传上升为公司行为。而她加入 AD 战队后，便拥有了让大众认识自己的机会。

“如果避免不了被骂，就舍弃欺骗，做真实的自己。”Sever 说道，“你没办法让所有人都喜欢你，但站在阳光下，起码能让一部分人不讨厌你。”

照片中的蓝天穿着短裙，拿着黑伞站在人流涌动的街头，眼神纯真，面色自然，散发着女生独有的娇俏可爱，似在对男 Coser 事件做正面回应。

整件事的热度接近白热化，一时间，AD 战队获得了极大关注，甚至有超越 Wing 战队的势头。蓝天作为争议女主角，有人谩骂，也有更多人期待她的赛场表现。

“要勇敢。”蓝天默默对自己说道。

年末，LPL 职业赛现场，三大电竞巅峰强队激烈角逐。

Luck 身体前倾，手指在键盘上移动，仿佛一只只灵幻蝴蝶翻飞。

屏幕显示他被一群人围攻，但幸得走位精准犀利，绝地逢生。

对面蓝天专注地盯着Luck操纵的英雄，她躺在草丛中很久了，待Luck突出重围，忽然拦住他的去路。

Luck又惊又怒，他原本没把蓝天放眼里，即便察觉蓝天从地图上消失，潜意识中还是认为她是那个连上下左右键都分不清的小白。

在大招的笼罩下，Luck眼看着血条归零。

现场气氛瞬间被掀向高潮，观众台上电竞迷站起来欢呼："蓝哥威武！"

前些日子，蓝天在单人小组赛获得冠军，吸引了无数眼球，亦收获一窘到冒泡的称号"蓝哥"。

Luck情急之下爆了粗口，可屋漏偏逢连夜雨，Sever放出的远距离杀伤长剑也打了过来。Luck阵亡。

Grace战队乱了阵脚，纷纷回防。AD战队乘胜追击，推掉一座高塔。

主持人激动的大喊声响彻整个会场："绝杀！Sever再一次绝杀！"

待主持人冷静下来，用调侃的语气道："Luck对亲妹妹还是很厚道的。"

观众席发出一阵幸灾乐祸的笑声。

AD战队大获全胜，下场后Luck一脸悲愤："蓝天，你的逆袭之路踏在你哥的血泪之上！"

“我赢你是巧合啊。”蓝天心虚地吐了吐舌头。蓝天的性格很吸粉，几轮比赛打下来，不仅洗掉了“绿茶”的名声，还让 AD 战队红出了电竞圈，人气超过 Wings 战队。女电竞选手在赛场有天然优势，而能打的女电竞选手蕴含的能量更是无穷的。

回到休息室，AD 战队的队员们正围成一圈讨论战术。Sever 站在中间，声音时高时低，见蓝天进来，微微颔首。

蓝天从旁边拉了张椅子坐下，二十分钟后他们将迎击电竞界霸主战队 Wings。噩梦是从输给凛城开始的，所以，这一战不仅意味着荣耀，更意味着重生。

蓝天情不自禁地朝对面的休息室望了望，Wings 战队房门半开，凛城的身影一闪而逝，高大的身躯散发着放浪不羁的野性。

快开场时，两队人马在走廊相遇。凛城打算从心理上先击溃蓝天，讽刺道：“小姑娘，这次不会再晕倒吧？”

“放心，我这次确定没吃 51 的药。”蓝天很实诚道。

凛城的脸刹时绿了：“你说我胜之不武？”

“不，我是说你遇人不淑。”蓝天摆手。

AD 战队队员心领神会，哈哈大笑。

夜夕夕的事情 AD 战队队员早已知晓，桃子抢话：“这个成语用错了，遇人不淑指女子，他只能让人遇人不淑。”

凛城的脸霎时更绿了：“夜夕夕那事真不怪我。”

旁边负责采访的记者跟在后头，一脸好奇：“你们在讨论什么？”

Sever 慢悠悠地道：“凛城家后院的那点事吧。”

凛城气愤：“不是。”

Sever 笑意盎然：“那是？”

凛城见话题迅速被带进沟里，从气势上打压对方的战术失败了，只好作罢：“你说什么就是什么吧，反正越描越黑。”

记者：“？”

比赛正式开始，蓝天火力全开，从中路进攻，她的职业为远程 DPS，在人群后方流畅走位输出。但凛城似乎盯上了她，幸而 Sever 解围才侥幸逃脱。

战局胶着之时，桃子所在的下路推掉了座高塔，撕裂了敌方的防御阵型。蓝天振奋精神，跟 Sever 打配合，二人四杀对手，攻入对方水晶。观众尖叫，解说员拍案而起，激动得口水四溅。

凛城和 Sever 对线，二人周旋对招，难舍难分，Wings 战队的队员迅速回防。蓝天扫了一眼大地图，根据经验，大部队至多在七秒钟后回大本营，若能在此前解决凛城，则可能赢得比赛，若不能，则错失良机。她见 Sever 毫无退意，知道 Sever 也在赌。

现场的气氛凝滞又紧张。

手中技能刚过冷却时间，蓝天便朝对手丢过去。

银光自头顶笼罩而下，大招自带麻痹效果，凛城操控的英雄行动有一秒凝滞，Sever 顺势击杀了他。

与此同时，Wings 战队的其他队员赶回大本营。蓝天心里一惊：糟糕。可刹那之间，Sever 凌空跳跃，以迅雷不及掩耳之势连斩三人。

主持人高喊起来："凛城！凛城被击杀了！无人可挡！哎呀！天啊！Sever！杀了三个！水晶！水晶！危险！"

桃子等人冲进敌方阵营，屏幕中央出现了"胜利"的字符。

这一切发生得太快，蓝天呆怔了好几秒才拍手尖叫，激动地拽住 Sever 的手臂。

桃子取下耳机，振臂高呼："我们赢了！"

AD 战队的队员们冲上台，Wings 战队的队员则表情落寞不甘，呆坐在位置上。凛城更是用双手捂住头，骂了句脏话！

这一刻，属于Wings战队的时代已悄然落幕，AD战队登顶王者。

AD 战队成员胸前戴着金色奖牌，笑容灿烂。

Sever 捧着奖杯，蓝天被一群人抛上了天。

阳光灿烂，世界美好。

梦幻的光晕中，蓝天好像在台下看见了蒋南风。宽宽的人流横亘在二人之间，那些诽谤和伤痛已随风消逝。

颁奖典礼结束，体育场的观众席只剩寥寥数人，工作人员正在拆卸钢管横梁，AD 战队的队员们在场馆内的草坪上疯打嬉闹。

Sever 走下台，凛城叫住了他，露出两颗虎牙。

"怎么？不服气？"Sever 打量凛城。

凛城摇头，一摊手，说道："没有，其实上次我就输了。"

有些人即便是敌人，也没法太讨厌。凛城的优点在于坦诚，赢了也能承认自己赢得太侥幸。上次《诡灵》赛场上，Sever 以一敌二，杀到他和 51 只剩一丝残血，这点让人很佩服。

“曾经我以为如果再次输给你，我会难过，但如今想开了，就算不是第一又怎样。”Sever 道，“人生本来就有比胜负更重要的东西。”

“你可是我遇见过的胜负欲最强的男人啊。”凛城勾起嘴角。

岁月尘埃弥漫而来，Sever 看了眼体育馆上方的天空，忽然想起很多年前，似乎也是这样一个飘雪的天气，他爬上顶楼，俯瞰整座城市。

当时的他很孤单。

虽然这里是他的故乡，但辗转多个城市求学，早已四海为家。手机的通话记录里全是打给母亲的未接电话，她太忙，大抵在开会。

Sever 从灯火灿烂一直坐到星河沉眠，百无聊赖地朝一家网吧走去。

网吧内，不少人热情地叫他大神，可他昨天刚输了比赛，输给了一个叫凛城的人。网上原本对他死心塌地的电竞迷们忽然冷嘲热讽起来：【输了就不要再玩了。】

Sever 看着比赛视频下的评论，找不到再坚持的理由。

爱，是有条件的，这条件就是他必须足够优秀。失败者永远得不到安慰，只有强大的人才配被爱。

“胜负欲？算是吧，那时我只是迷失了自己。”Sever 回过神对凛城说道。

“那你现在找到原本的自己了？”

“大概吧。”Sever 注视着不远处的蓝天，“总有比胜负更重要的东西。”

仿佛心灵感应般，蓝天侧头，在绵密的落雪中，朝 Sever 微微一笑，扬了扬自己手中的雪球。

Sever 亦回了她一个大大的笑容。二人相距不远，在风雪中静立，好似水墨缱绻。

凛城愣住：竟真有这样一个人。

从体育馆出来时，天色暗沉。AD 战队队员们兴奋地上了大巴车，吆喝着找地方吃大餐。

蓝天蹦蹦跳跳地跟上去，在夜风中呼吸了一大口新鲜空气，仿佛在漆黑的死水中看见了极亮的光，窒息感骤然消散。

从全网黑到夺冠，蓝天完成了无数人想都不敢想的逆袭。

从黑暗中浴火重生之人，自带着光。

网上对她的风评全变了，曾经的黑子也由衷地评价她游戏打得好却不矫揉造作。

“蓝天。”忽然，背后传来一个陌生又熟悉的声音。

此时夕阳沉没，华灯未上，整座城市浸泡在昏暗里。

蓝天转身，眯起眼睛分辨了一两秒才认出不远处叫住她的人是蓝翔，讶然失色。

一年不见，蓝翔圆润了许多，曾经棱角分明的脸竟然有了点双下巴，少年独有的那抹艳色褪去后，他变成了一个普普通通的男人。

“怎么？不认识了？”蓝翔打量着蓝天。一年不见，女孩外表依旧娇俏可爱，温润有光，但身上的呆萌气少了些许，沉稳了不少。

两年前，他厌弃蓝天的患得患失，鄙夷她处处不如秦媚儿。在她被全网黑时，他曾窃笑地想，以她失恋一场都会郁郁寡欢的性子，这辈子都永无翻身之日了。浑身缺点，自怨自艾的女子，舍弃掉才是明智之举。可他从未想过，终有一天她能重新站起来，站于群山之巅，耀眼夺目。

今天舍友携他看电竞比赛，本该悄无声息地离开的蓝翔，在门口忍不住叫住了蓝天。

“嗯，你好。”蓝天回道。

疏离客气的态度瞬间在二人之间划出了条巨大天堑。

“其实，我欠你句对不起。”蓝翔小声说道。

蓝天的小脸刹那冷了。一年前蓝翔当众打她，事后还拒绝删帖，无耻至极，丝毫不念一点旧情，得知惹了林氏集团的继承人 Sever 后才好话说尽。他自始至终都未跟她说过一句对不起。如今，他莫名其妙地道歉，没给蓝天带来丝毫好感。

有些人就适合死在回忆里。

“那些事都过去了，我们以后还可以做朋友。”蓝翔见蓝天沉默，圆场道。

“我想我们之间有什么误会。”蓝天打断他，一字一句地道，

“山高水长，后会无期。”

蓝翔脱口而出：“你不用太回避我。”

印象中蓝天这种软萌的女孩子，怎么都会给他台阶下。他怎么也想不通，曾经围在他身旁如小蜜蜂般转圈的女孩，有一天真的消失了。

“你让我觉得自己是你人生中最大的麻烦。”蓝天说道。

蓝翔沉默，再欲说话，却见Sever冷不丁出现，面色冰冷地说：“我想她刚刚的话你没听懂吧。”

“好，好。”蓝翔见到Sever秒㞞，讪讪假笑道，“那你们忙，再见。”

一看见Sever，蓝天的眸子瞬间亮了，拉着他的袖子，一蹦一跳地朝大巴走去。

大巴车融入滚滚的金色车流中，消失不见。

蓝翔站在原地，内心深处终于泛起一丝悔恨。

一年前，他在网上诬陷蓝天是小三，却依旧未能挽回秦媚儿。他出卖蓝天，出卖一切，可秦媚儿还是像丢垃圾般抛弃了他。

或许，只有被同等伤害，才会明白曾经自己的所作所为有多可恶。可待他想对蓝天好时，连当朋友的资格都没有了，那个女孩子身旁已有了别人。甚至，他和她说句话，都显得多余。

蓝翔回忆蓝天看向Sever的眼神，不觉潸然泪下。原来，失去的真心，真的都不会再回来。

刚上车坐定，桃子扭头坏笑，调侃着问方才那人是谁，被Sever一记眼刀瞪了回去。

蓝天坐在大巴车后排的座位上，感觉到了一股前所未有的低气压。她偷瞄了眼身旁的Sever，此刻他将头靠在玻璃车窗上，眼中映着城市的灯火，迷离精致。

桃子的嘴巴无声地张了张，用眼神询问蓝天。他察觉出Sever隐隐有些不爽，可拿了全国第一为什么还会不爽？

蓝天摇了摇头。

这时，Sever的手机振动了下。蓝天和桃子立马正襟危坐。

Sever打开手机看到外国语学院年级群内正热火朝天地讨论着元旦晚会的节目安排，但话题一会儿就偏离轨道，从演出服装定制变成了如何让男友送出心仪的圣诞礼物。

话题跑偏后，不知为何扯到了Sever身上。

有个女生自我安慰："只要魔王在'女儿国'一天找不到女朋友，大家就一天不需要自责自己为什么没有男朋友。"

这话偏偏被Sever看见了，他发送信息：【要不我帮你们找。】

李菲菲笑嘻嘻地道："我们活成尼姑庵的尼姑还情有可原！魔王你活成媒婆就很不对了！"

"要不莜倩你内部消化一下！"群里另一个男生打趣道。

"魔王，气场一米八、腿长一米八的妹子才配得上你！"一人拍马屁道。

"莜倩！在女人堆里找女人，很容易被骂成渣男的！你抵挡得住诱惑，真的让人佩服！我就没那么好，现在已经谈了五个女朋友，风评好差！”一男生哭诉道，“真心羡慕你！”

Sever：【我赌我今年过年有女朋友。请教下，女生喜欢什么样的圣诞礼物？】

问题一出，先前火热讨论的气氛消失了，聊天框不再跳动。

李菲菲瞳孔地震，在宿舍里发出一声尖叫，整个人从床板上弹了起来：“我瞎了！魔王要追女孩子？！”

“天啊！还以为瞎了的就我一个！”伴随着“咣当”一声，宿舍门被踢开，隔壁女生激动地握住李菲菲的手，“我不是在做梦啊！”

前段时间，大家一致恶搞的莫莜倩的绯闻男友竟然是个女人，让女孩子们失望至极。虽然学校论坛内有关蓝天是小三的帖子异常劲爆，虽然Sever在宿舍前英雄救美的壮举可歌可泣，虽然二人的绯闻黑料满天飞，但在外国语学院，无人相信Sever真的会和蓝天扯上关系。毕竟，魔王怎么会屈尊降贵垂怜一个女孩子呢？

魔王对蓝天的感情，必定只是主人对流浪猫的感情罢了，只有悲悯。

群里沉默许久后，终于有人问出了所有人的心声：“莜倩，你还需要追妹子啊？”

能被魔王倒追的，应该是头母龙吧！

李菲菲口无遮拦：【魔王，你确定要追的是个女孩子吗？你看你这气质温柔腹黑邪魅狷狂！像您这么完美的男人，世界上已经

没有女人配得上您了！】

李菲菲正准备将“只有男孩子才配得上您”几个字打出来，一条信息出现在每一个人的手机上——【李菲菲被管理员移出群聊】。

李菲菲满头黑线，她忘了Sever是这个群的管理员之一。

“圣诞节想要什么礼物？”Sever关上手机问。

发生什么了？蓝天愣住，这话题跳跃性也太大了。目光在窗外漆黑的夜空游荡，思忖片刻，她受宠若惊道：“都可以啊。”

“都可以？”Sever轻轻吐出这三个字。

他的唇形很完美，在夜色中闪着魅惑的水色，让人忍不住想亲吻抚摸。因为挨得极近，蓝天微微战栗，压抑住内心的想法，屁股朝走道挪了挪。

Sever见状，“啧”了声：“那去挪威吧，那里有极光。”

蓝天惊呆，圣诞礼物竟然是出国游！

下车后，被冷风一吹，蓝天不由自主地打了个寒战，缩了缩脖子。

通往饭店的路并不遥远，但由于大雪，路面结着层薄薄的冰，极为湿滑。Sever伸出手，拉住蓝天，缓慢地穿过马路。

鞋底沾了水，湿漉漉的，一股寒意顺着脚尖爬上大腿，蓝天被冻僵，但从Sever手心传来的暖意，又让她燥热不已。

相较她的窘迫，Sever行动自然，仿佛本就应该这般牵着她。

心怦怦直跳，蓝天强装镇定。桃子等人和老板商议点餐，目光扫过他俩。

仿佛是偷腥被抓的猫咪，蓝天整个人朝 Sever 身后缩了缩。

可桃子竟像未看见二人交握的手一般，大声招呼蓝天多喊几个女孩子出来热闹热闹。

蓝天无可奈何，只得将社长叫来。

社长听闻可以蹭饭，火速赶到现场，取下帽子围巾，不消半刻便与一群人打成一片。此时，她早已放弃将蓝天和 Sever 凑成一对的想法，反倒在意起自己的终身大事，举起酒杯，大方豪迈道："以后有什么帅气的小哥哥！诸位一定要介绍给我啊！"

社长虽算不上绝色，但也是个唇红齿白干净利落的女生。男孩子们个个蠢蠢欲动，但听闻此话反倒抹不开面子了。

桃子怅然若失道："没问题！包在我身上。"

社长心满意足地坐下。

李菲菲因方才得罪 Sever，打车跑来道歉。

桃子见到姗姗来迟的李菲菲，眼睛都亮了："老大，这位是？"

"文艺部部长，李菲菲。"Sever 的介绍很官方。

"这么漂亮的妹妹，我怎么都没见过！"桃子已相亲数个，上次在英文演讲比赛上崭露头角的大一新生学妹也宣布告吹，如今十分恨嫁。

"哦，我怕你跟她在一起有生命危险。"Sever 抬头，夹起一块肉，放进蓝天的盘子里，慢条斯理地说道。

蓝天险些笑喷，李菲菲每次说出"我要将文艺部变得比你在时更好”之类的话时，确实有种要暗杀 Sever 的狠劲。

“怎么会啊！我是要继承你的衣钵，弘扬你的遗愿啊！”李菲菲举手表忠心。

“遗愿是这么用的？”Sever 皱眉问道。

“是是是。”李菲菲敷衍地认错，盯住桃子，“我看这个帅气的小哥哥，倒是像在哪里见过！”

“那加个微信吧！”桃子顺杆爬。

“好啊！”李菲菲爽快道。

五分钟之内，李菲菲和桃子犹如查户口般问完了对方的家庭情况，并确定了恋爱关系。

社长坐在一旁，惊掉了手里的筷子：“等等，你们就这么完了？”

“哪里完了？”桃子抗议，“我们才刚刚开始！”

AD 战队队员起哄：“直男直女，干柴烈火。”

最无语的要数 Sever 了，他前前后后帮桃子介绍了十几个对象，万万没想到，这两个人居然能凑在一起。

“我从十八岁开始寻找真爱，五年了！竟然抵不过别人五分钟！”社长崩溃道。

“我经历了前世无数个五年，才等到了今生的五分钟！”桃子纠正。

社长绝望地往嘴里塞了一大块肉，余光瞥到 Sever 坐在蓝天身侧，将一块鲜红的牛肉在沸水中滚过一道，夹进蓝天碗里。见蓝天嘴角沾着酱汁，Sever 又拈起一张纸巾，细心地将其擦掉。

社长身心俱创地问：“你们两个又是演的哪一出？”

蓝天道：“Sever 人超好，对谁都很照顾。”

社长恨铁不成钢：“那他怎么不照顾我？”

蓝天顺口接道：“可能你们两个中间隔着我。”

社长：“……”

李菲菲这才注意到蓝天的存在，一脸贱笑地问：“怎么又是这个女孩子？是不是有情况？”

“有吧。”Sever 回道。

Sever 回答得极其直白，反倒让人怀疑他并非真心。

李菲菲在饭桌上越过三个人，一把握住蓝天的手，叮嘱道：“你要照顾好自己，保重！”

蓝天不服气道：“Sever 是我见过的最温柔的男孩子。”

AD 战队队员爆笑。

“你们倒说说他哪里不温柔了？”蓝天问道。

“我们每天动不动就被罚跑二十圈，他哪里温柔了？”桃子说道，“你在战队待了这么久，天天和我们一起被罚，难道就没感觉？”

李菲菲感同身受。

蓝天想起了夏言河的邪恶统治，对比了下，说道：“那不是应该的吗？”

众人：“……”

晚饭后，桃子和李菲菲兴冲冲地一起去看电影，与其他队员互道再见。社长顺路和蓝天一道回 X 大。

地铁上人潮涌动，Sever 一手抓着扶手，一手将蓝天护在臂弯下。蓝天被挤到门边，厚厚围巾遮住嘴巴，只露出鼻子和眼睛，仰头望向 Sever，二人紧紧贴在一处。蓝天百无聊赖，拽起 Sever 羽绒服上的坠饰，拿在手里晃来晃去。两人相视一笑。

车轮摩擦铁轨的声音好似万鸟齐飞。

社长侧身站在车厢另一侧，咬了咬嘴唇。等下了车，走在空荡的街道上时，她还是与他们隔了很远的距离。

蓝天催促道：“你走快点啊！”

社长摆手拒绝。

蓝天在 Sever 身旁绕圈，团了个大大的雪球，朝他裤腿砸去。Sever 被砸，也揉了个雪球，作势要丢，见蓝天吓得蹲下身子，又收了手，懒洋洋道：“算了，让你。”

“真的吗？”蓝天嬉笑，又砸中 Sever 的肩膀。

Sever 适才反击，他刚砸中蓝天的小腿，又打中了她的胳膊。

蓝天顿时吓得抱头逃窜，Sever 作恶之心大起，团了一个雪球，拎住蓝天的衣领：“我要塞进去了。”

蓝天尖叫，缩在雪地里，活像只瑟瑟发抖的小兔子。

“要不亲我下，就放过你。”Sever 眉眼弯弯。

蓝天一呆，还未开口便听见一声尖叫。

见社长用围巾捂住脸，二人适才惊觉动作太过暧昧。蓝天为躲开 Sever 塞进脖子的雪球，整个人都蹭进了他怀里。

Sever 轻咳一声，二人分开，气氛略尴尬。

社长一脸姨母笑，指了指从小吃街斜插进宿舍楼的小路，道：“我先回去了。”

蓝天面颊羞红，Sever 倒是比蓝天镇定许多，站在三岔路口的路灯下对社长道：“这边更近。”

“不了，不了。你送蓝天，我自己回去！”社长一溜烟消失在街道拐角处。

半分钟后，蓝天的手机响起嗡嗡声。社长发来短信：【这该死的暧昧，无尽的狗粮。有情人千万不能成闺密啊！】

待蓝天回家，用钥匙打开房门，已接近午夜。父母在主卧睡下，客厅墙壁上亮着盏精灵小夜灯，散发着淡雅柔和的暖光。

Luck 坐在地毯上，正对着电视玩飞车游戏，手柄发出噼里啪啦的细微声响。他微微抬起头，望向玄关处换鞋的蓝天。

自从蓝天正式加入 AD 战队，Luck 伤透了心，兄妹二人的关系变得剑拔弩张。冷战旷日持久，开口便互相冷嘲热讽。但今夜非同一般，桌上放着块圣诞主题的蛋糕，点着根蜡烛。走近看，昏暗的光线下，其上龙飞凤舞地写着几个大字——恭喜全国第一。

蓝天笑了，吹灭蜡烛，切了一块大大的蛋糕，凑到 Luck 身旁：“哥，你终于肯理我了。”

“我懒得理你。”Luck 哼了声，目光依旧盯着屏幕上的飞车。

流线型的轿车在拐弯处因操作失误，猛地冲进路旁沙丘树林，成功暴露了 Luck 此时忐忑的心情。蓝天乐开了花。

“哥哥，你会和异性朋友说想亲她吗？”蓝天忽然想起今天 Sever 的异常举动，决定咨询下哥哥。

Luck 身体一僵。

“我知道你们男孩子不一样。”蓝天解释道，“但那样是不是不太暧昧了？”

“Sever？”Luck 看穿蓝天的掩饰。

“嗯……”

Luck 拿出手机，说道：“我给你念念，《Sever 与神秘女子共进晚餐，疑为 AD 战队新签约队员蓝天》《无耻小三上位，Sever 终逃不出‘绿茶’的魔掌》《震惊，Sever 午夜带神秘女子回家》《神奇的缘分——Sever 与蓝天之间不可不说的秘密》……”

“你看的什么垃圾 App 啊？”蓝天无语。

“所以，被人造谣了这么久你们才牵手，不觉得难过吗？”

“哥，你变了。”

“我恨铁不成钢。”

蓝天回到房间，翻来覆去无法入眠，心浮气躁地下床，打开书桌上的笔记本电脑，登入游戏《诡灵》。

AD 战队的很多队员是夜猫子，桃子和几个队员方才打了几盘 LPL，此时正在网游里做任务，吵吵嚷嚷，热闹非凡。

见蓝天上线，立马将她拉入队聊：“嫂子，这么晚才上线？队长送你回家没？”

“你们为什么叫我嫂子？”蓝天较真了。这些天即便桃子他们知道她不是Luck，也嫂子来嫂子去，叫了不下八百遍。

“因为你本来就是嫂子啊！”桃子发了一大串哈哈笑的表情包，其他人表示赞同。

“你们不能叫我嫂子！Sever没有同意，你们怎么能给他随便安女朋友。”蓝天讲道理。

“我们已经叫了一年了，你咋今天才想起说这个？！”

“反正不行就是不行。”

“要不你问问他行不行。”桃子坏笑。

“那怎么好意思。”蓝天羞赧。

“以我们对老大的了解，他没有明确拒绝便是默认，你干吗非要挑明了刺激我们这些单身狗！”

“反正Sever没明说就是不行。”

“我给你讲个事情吧。”桃子说道，“你那个前男友不是泼你脏水嘛。听闻你被打了，我就说‘老大，那个渣男竟然敢家暴蓝天，我们一起去打回来吧’，于是，老大就生气了。”

“为什么生气？”

“因为‘家’是不能和‘暴’连在一起，这是个名词搭配问题。”桃子狂笑，“他八成吃醋了。”

蓝天：“……”

“还有《诡灵》百强赛那次，他差点和你哥哥撕破脸。”桃子道，“当时那么多人，全电竞圈都知道了。我们老大这个人，说起来在外国语学院和女孩子似乎接触蛮多，但本质上还是个直男。明明白白地把爱说出来，他一定会不好意思。但他为你做了那么多，在全世界都抛弃你的时候拉你一把，你不会真认为他只是个好人吧？”

蓝天连说了三遍“不可能”。Sever 喜欢她这件事，她竟然是最后一个知道的。

蓝天站起身在卧室踱步，神情时而欢愉，时而紧张。挂钟已指向深夜一点，虽然极其不合时宜，但内心一股强烈的冲动迫使她拿起手机，给 Sever 发了条短信：【你明天早读吗？我去找你。】

迫切地想要听见他的声音，看见他的眉眼。

不知何时陷入沉睡，等蓝天再次醒来，天已敞亮，屋外银装素裹。她一个激灵翻身下床，火急火燎地朝学校奔去。

天寒地冻，蓝天朝外国语学院踉跄走去，湖边只有寥寥数人，并无 Sever 的身影。

经过昨晚的大雪，湖面结着薄薄的冰，苍白的天空似无际雪原。

晨读是文学院和外国语学院的惯例，今日突降大雪，很多学生没了读书的热情。但 Sever 的作息时间非常精准，不会因为下雪而撂挑子。

忽然，正对着教学楼的回廊里爆发出一阵笑声。蓝天回眸，见一群女孩簇拥着 Sever，个个神采奕奕。Sever 站在廊下，眼神中透着股莫名的疏离感。

蓝天激动得蹦蹦跳跳如兔子般跑了过去，但四十多道目光齐齐向她射来，迫使她顿住脚步。女孩子们毫不避讳地上下打量蓝天，交头接耳。

昨天，Sever 买圣诞礼物追女孩子的八卦已传遍整个外国语学院，今早自然有好事者询问到底是谁。

大家之所以会如此惊讶，主要是见识了太多女神倒追 Sever，其中不乏气场强大高贵冷艳者，但最后都不了了之。实在难以想象，究竟是何方神圣能让 Sever 动心，这件事发生的概率等同于彗星撞地球。

消息一传十十传百，一堆人顶着寒风从被窝里爬起来，想一睹 Sever 心仪对象的芳容。她们装模作样地拿着课本，却半分晨读的样子都没有。

大概是蓝天的男装扮相太深入人心，曾经帮蓝天牵线搭桥的陈月儿惊呼一声：“魔王的‘男朋友’！”

蓝天彻底窘了。

这话产生了爆炸性效果，女孩们的尖叫声响彻整栋楼：“竟然真是蓝天啊！”

陈月儿热泪盈眶：“真是天道轮回，报应不爽，坏人自有天收，如今，真的被天收了！

Sever：“……”

蓝天惊疑不定地挪到 Sever 身旁，想说的话全都烂在了肚子里。

十几道目光打量着蓝天。蓝天是很可爱的女孩子，明眸皓齿，笑容甜美，面颊被寒风吹出两团红晕，像天边晕染的红霞。Sever这种温柔腹黑竟然会喜欢萝莉！在所有人都以为冷艳女神才配得上他时，他竟然喜欢可爱的！

陈月儿握住蓝天的手，热泪盈眶，喊道：“勇士！”

见Sever冷冷地哼了声，陈月儿立马改口：“嫂子！”

蓝天：“……”

李菲菲站在人群里，看着Sever满怀爱意地望着蓝天，忽然想起很久以前的一件旧事。

曾经有部很火的少女漫画叫《好想告诉你》，其中的男主角风早翔太性格直爽笑容无敌，深受全班人的喜爱，被称作“爽朗君”。由于他被很多女孩子暗恋，所有人都害怕有天翔太会属于某个人，于是达成默契，叫他“大家的风早”。

但在现实中，这种共同守护一个男孩子的桥段不太容易实现，因为总有人先下手为强。

于是，在Sever这个直男身上便出现了一个匪夷所思的传言：性取向暧昧不明。

时至今日，李菲菲都有些佩服最先想出这个点子的人，脑回路堪称绝版。

闹了好一会儿，一大群女生才带着一脸震惊的表情离开，Sever适才有机会询问蓝天出了什么事。

鹅毛大雪飞扬而下，落满肩头，细细密密地渗入衣服，像张潮湿而细密的网。蓝天感觉很冷，但心里像装着只一飞冲天的小云雀，叽叽喳喳叫个不停。她忽然感觉那个问题的答案没那么重要了，因为眼前人的一举一动都给了她心安的感觉。

蓝天拉住Sever的手，说道："没事，就是忽然想见你。"

喜欢你变成想见你，好像也不错。

虽然用各种借口牵过蓝天的手，但这是蓝天第一次大大方方地主动牵他。Sever诧异的神情一闪而逝，随后他用力回握，粲然一笑。

被Sever身上淡淡的薰衣草香包裹着，蓝天晕晕乎乎的，仿佛赤身裸体站在温泉旁，温暖又放松。她感受着Sever掌上细密的薄茧，触电般的快感传遍全身。

气氛忽然暧昧无比，Sever的声音透着丝喑哑，仿佛午夜鸣奏的大提琴："我们分开似乎还没有十二小时吧。"

Sever修长的手指轻轻撩起蓝天方才跑乱的长发，将其别在耳后。

这谁能受得了？她结结巴巴道："我口渴了。"

秀色可餐的男人很多，可Sever最有别于其他人的地方在于，他非常清楚自己有多帅气。

Sever脚步轻快，指了指前方拐角处："那里有一家店。"

蓝天点头，他们绕过运动场外围跑道，下了山坡。店铺的墙壁上琳琅满目，一面挂着各种学习用具，另一面是头饰耳饰。由于突降大雪，中间货架的各类帽子、围巾、暖手宝大受欢迎。

Sever买完水，随手指着一只粉色小猪造型的暖手宝问道："想不想要？”

蓝天望过去，粉嘟嘟的小猪睁着水灵灵的大眼睛，可怜巴巴地望着她。心瞬间被萌化了，蓝天正欲将暖手宝取下，从旁边斜插来一只手臂。

此时正值下课，店铺内挤满学生，蓝天这才注意到秦媚儿居然也在。此时，她正用手指夹起那只小猪暖手宝。

秦媚儿挑了挑眉毛，蓝天脸上幸福的笑容她看得格外扎眼，她哼了声："这是我先看到的。"

蓝天无视挑衅，指了指旁边萌萌的绿色小恐龙暖手宝，对Sever说道："那我们就要这只吧！"

Sever点头。

秦媚儿赌气地看着Sever，这男人就像妖精，比起高中时模样更俊了，芝兰玉树，温润有光，她不依不饶："这只我也要！"

蓝天不再避让，笑嘻嘻地道："学姐，那你先选，选好了我再挑。"

秦媚儿不客气地拿起小恐龙和小粉猪。

"你确定？"蓝天问道。

"当然！"

"不再变了？"

"不变！"

蓝天转头冲店家喊："老板，仓库还有没有同款，我也要两个暖手宝。"

“有！”店家眉开眼笑。

秦媚儿被摆了一道，气到浑身发抖。分明是她先看见的暖手宝，分明是她找到了 Sever，那些幸福也本该属于她啊。

过往的岁月，像大山般朝她重重压来，令她无法喘气。她想起自己并不是富家女，父亲因抢劫罪坐牢，母亲患癌卧病在床。自己高中时只能去食堂买一块钱的馒头，艰难度日。那时，Sever 每天都会把自己的牛奶让给她喝。

Sever 的笑容就像黑暗世界里唯一的光，秦媚儿永生忘不了。

“求你了，你离开他吧。我只有他，除了他我什么都没有啊。”秦媚儿忽然哭了出来，她拽掉头上的限量版发卡，将大牌奢侈品包包丢在地上，脸上的妆容被眼泪浸花了。那个高傲而不可一世的秦媚儿似乎消失了，只剩一个伤心的人。

“秦媚儿，你不要无理取闹了。”Sever 蹙眉。

“难道不是吗？要不是几年前你让你母亲资助我上学，我现在应该在哪个饭店的角落洗盘子吧。”秦媚儿说道。

蓝天怔住，时至今日，她终于明白为何秦媚儿对 Sever 百依百顺，原来秦媚儿穿的戴的吃的用的喝的，都是 Sever 妈妈给的。

蓝天说：“我并没有和 Sever 交往，他和谁在一起，是他的自由。”

秦媚儿恨极了，一股戾气自心中升起。她分明已经让蓝天声名狼藉，可 Sever 无视流言蜚语，继续留在蓝天身边。

她气急败坏地骂道：“不要脸。”

“网上的帖子是你指示蓝翔发的？”蓝天了然。

“什么叫指使？你本来就是小三！”秦媚儿高声道。她打定主意让蓝天难堪，周遭买东西的学生纷纷好奇地探头。

“话不能乱说。”Sever 淡淡地警告。

“狗男女。”秦媚儿似遭受了极大的心理刺激，连 Sever 也一起骂了。

Sever 挑眉，修长的手指捏了捏货架上一只小狗造型的暖手宝，对蓝天说：“要不买两只，你一只，我一只。”

蓝天窘，秦媚儿骂他们是狗，他竟然真要买两只狗。这哪里是狗男女，简直是狗粮。论厚脸皮的程度和伶牙俐齿，Sever 称第二，无人敢称第一。

秦媚儿最介意的便是 Sever 对蓝天的态度，整个人如泄气的气球，喃喃道：“你走吧。”

Sever 礼貌而克制地朝秦媚儿微微颔首，付了钱，领着蓝天走出商店。

在 X 大里的林间小道上，Sever 不自觉地笑出了声。

蓝天抬头问道：“我又被骂小三了，你竟然还笑得出来？”

“你变了。”

“哪里变了？”

“变聪明了。以前你遇到这种事可是哭得最大声的。”

蓝天抓起道旁栏杆上的积雪，朝 Sever 丢去。

通往教学楼的路上落满了厚厚的积雪，松林里飞鸟腾起，如被惊扰的深林梦境。远处山顶的寺庙里传来悠然的钟声时，Sever说道：“我喜欢你，你呢？”

蓝天错愕。

“你方才不是说我和谁在一起，是我的自由吗？”Sever又问。

蓝天抬头对上Sever的眼睛，坠入片星海迷蒙中。大雪纷纷扬扬地落在肩头，像唯美而缤纷的梦境。在浩荡的回音中，蓝天想问“你刚刚说什么了，我是不是听错了”。这句“我喜欢你”在脑子里被演练了千百遍，她从未料到会如此猝不及防地撞见。

Sever又重复道：“我喜欢你，你呢？”

一直认为Sever是个非常温柔的男孩子，没料到表白都能如此温柔。心中好像有只雀跃的小鸟冲破冬日大雪，在湛蓝的天空翱翔鸣叫，蓝天一下子扑到Sever怀里：“喜欢啊！”

一个大大的笑容渐渐绽放在Sever的面庞上。

中午，Sever寻了家装修雅致的和风料理小店，蓝天点了份鳗鱼饭。待用完午餐，雪已停，风已止，街边小雪人的红色眼睛在雪光下熠熠闪光。

蓝天看了看苍白天空，脚下积雪很厚，像走在松软的棉花上。

“怎么了？”Sever敏感地问道。

“没什么，感觉好不真实。”蓝天感慨，她竟然就这样和Sever确定了情侣关系。一年时间，辗转反复，她幻想过无数次，竟然就这样变成了现实。

“是吗？那你要怎么真实？”

“我也不知道。”蓝天摇了摇头。

街上人流涌动。明日便是圣诞节，道旁树枝上挂满了红色小球。

Sever 忽然将她拉进一旁的巷子。

墙壁高耸如劈开的山脊，一米以外的地方是繁华街道。蓝天心跳如擂鼓，身体紧绷，整个人被 Sever 困在两臂之间。从这个角度望去，Sever 下颌棱角分明。他缓缓低头，在蓝天唇上轻啄了下。

蓝天紧张得睁大眼睛。

“这样是不是真实多了？”Sever 捧着蓝天的脸揉了揉，坏笑道。

这么久的梦想终于成真！蓝天踮了踮脚，也对着 Sever 的面颊轻轻一啄。

Sever 眼中再也没了克制，低头深吻下去。

原来故事的最后，历经艰险，城堡中的公主还是会和王子幸福地在一起。

番外一

/Luck 的烦恼 /

蓝天和 Sever 在一起后，成了电竞圈一对知名 CP，却给 Luck 带来了无尽的烦恼。

这日，有记者采访 Luck：“你对于 Sever 成为你的妹夫有何看法？”

Luck 勃然大怒：“谈个恋爱就能是妹夫吗？我和他绝对不可能成为亲戚。”

第二天，App 头条——《Luck 为 Sever 成为妹夫深表不满》。

又一日，记者采访 Luck：“你对于 Sever 成为你的妹夫有何看法？”

Luck 抿了抿嘴唇：“下一个问题。”

第二天，App 头条——《Luck 为 Sever 成为妹夫悲伤欲绝》。

粉圈纷纷力挺 Luck 棒打鸳鸯。

周末，蓝天带 Sever 回家吃饭，一家人其乐融融。蓝天的父亲在阳台杀鱼，母亲在厨房忙碌。

Sever 和 Luck 各持一个电子手柄，盘腿坐在电视机前玩极品飞车。

当 Luck 第三次输给 Sever 时，Sever 盯着屏幕上冒烟焚毁的黑色跑车，问道：“我们什么时候才能好好相处？”

Luck 冷哼：“做梦。”

“为什么？”

“因为你卑鄙无耻！”

“我哪里卑鄙哪里无耻？”

“你哪里都卑鄙哪里都无耻！”Luck 拿出手机，打开一个电竞 App。

Sever 震惊地看着屏幕上一排新闻标题——《Luck 为 Sever 成为妹夫深表不满》《Luck 为 Sever 成为妹夫悲伤欲绝》《旧爱决裂？Sever 寻找相似之人结婚》。

“你在哪里看的？”Sever 无语，“我也下一个。”

“他们本来是黑你和蓝天的！最近把矛头对准了我！”Luck 愤怒了。

Sever 笑了，发给 Luck 一份电子合同。

Luck 皱眉：“这是什么？”

“你仔细看看，相信你绝不会不认识它。”

为感谢橘子汽水电竞青训营的栽培，Luck 曾主动签过一份合同，其中一则条款是：甲方有权在合约期内要求乙方参加符合甲方利益的任何公开比赛。

Luck 刚打开文件，立即认出了这份合同。

“以前方回想让我用这份合同捆绑你，进行合作。”Sever说道，“我母亲掌控了橘子汽水电竞青训营的大部分股份，完全可以动用这份合同让你买账，参加比赛。”

Luck不以为然：“别以为我不知道你是想追我妹妹！”

“是吗？”Sever挑眉，“难道你不知道方回那种商人，只要让你参加了《诡灵》邀请赛，和我合不合作又有什么关系？他自有办法炒出最大热度。”

Luck：“……”

再日，记者采访Luck：“你对于Sever成为你的妹夫有何看法？”

Luck说道：“好，我感觉蛮好，Sever人品确实好。”

第二天，电竞新闻头条——《Luck因Sever成为妹夫精神失常》。

番外二

/ 繁华三千，只为你 /

自从和 Sever 谈恋爱之后，蓝天感觉时间和空间都错乱了。有时觉得时光永不消逝，有时又感觉时光如梭，不知不觉两年有余。

这日，Sever 要去中部的一座城市开会，蓝天查了下行程和时间，离 X 城有五个小时车程。对于蓝天这种时时刻刻都想和 Sever 腻歪在一起的人而言，简直是噩耗。

晚上洗完澡，蓝天狗皮膏药似的黏在 Sever 身上。

Sever 坐在电脑前，歪头望她："怎么了？"

"没什么，只是你还没走，我就开始想你了！"蓝天自从恋爱后，说起情话简直一套一套的。

"是吗？"Sever 眯眼，猛地将蓝天托起，放在腿上，笑着亲上去。吻中混合着熟悉的男性味道和淡淡的青草气，绵长又潮湿。

蓝天发出一声呻吟，眼睛一眨不眨，抓紧 Sever 的衣领。

不知亲了多久，待蓝天眼睛里泛起朦胧的水色，Sever 才松开，声音中透着一丝情欲的味道："还想吗？"

"想变成你身上的挂件，天天跟着你！"蓝天说道。

“那一起买机票吧。”Sever 笑道。

但和 Sever 谈恋爱也并不全是甜蜜，烦恼也很多。最近几个月，蓝天以肉眼可见的速度变胖，经常被社长嘲笑为“幸福肥官方代言人”。

更糟糕的是，曾经拍照技术精湛的 Sever 似乎瞬间失了水准，朋友圈内充斥着蓝天各种胖嘟嘟的丑照。而比蓝天颜值垮得更快的是评论区。

Luck：【Sever 你不是杀猪刀，而是岁月里的猪饲料！】

李菲菲：【有句话不知当讲不当讲，你把女朋友拍成这样难道还没被打死吗？】

陈月儿：【天啊！你们两个是不是有娃了？】

51：【如果我有罪，请法律制裁我，而不是喂狗粮。】

对此，蓝天愤怒地抗议：“你一定是故意的！快删掉！全部删掉！”

Sever 不以为然道：“你胖起来更可爱啊。”

“不行。”

Sever 坏坏地说：“一个吻换删一张照片。”

蓝天欲哭无泪，再这样下去她就要被电竞圈踢出颜值标杆，转为实力派女选手了。

“蓝天，Sever 是怕你被其他人拐跑了，才拼命喂你的。”周末，蓝天和 Sever 回家，Luck 在客厅拿着游戏手柄幸灾乐祸道，“没见前段时间你获得电竞界最具人气选手后，有多少男人献殷勤？

全是圈里的小鲜肉呢！”

“你吃醋了？”蓝天乐了，目光灼灼地望着 Sever。

Sever 摸了摸鼻子，问道：“吃东西开不开心？”

“开心！”

“那就继续吃啊！”

Luck：“……”

“现在是冬天，胖点又有什么关系？”Sever 见蓝天生气了，于是哄道，“开春我陪你一起减肥。”

“你胖吗？胖的只有我一个人吧。”

“都嫁出去了还管这些做什么？”Sever 笑道。

“你俩什么时候都准备结婚了？”Luck 受了惊吓。

“随时啊。”Sever 说道。

Luck 翻了个大白眼：“你还真会哄她，我才不信呢。”

窗外冰雪消融，阳光照在迎春嫩黄的枝丫上。

苗疆蛊女的手办放在书桌上，舞姿蹁跹，一旁是白衣剑客拔剑问天。

蓝天走到阳台旁，身影融进湛蓝的天空里。她望着从客厅阴影处朝自己走来的 Sever，眉眼亦如初见时动人，她用自己才能听到的声音说道：“永远在一起。”

我们永远在一起。

繁华三千，只为你。